我を問ひしかば

――我を問うなかれ　完結編

一成・アンダー
ISSEY・UNI

ブックウェイ

どうしようもなくなったとしても
君は百ルーブルだって友人だって見つけられる、
自分を見つける方がはるかに難しい、
友人よりも、百ルーブルよりも。

君は己をひっくり返して、
朝早くから自分を探し、
現実と夢とを混ぜ合わせ、
脇から世界を眺めてみる。

すべてが誰もがきちんとしているのに、
君は――聖誕祭の仮装者のように――
一人でかくれんぼをしている、
自らの芸術と運命を相手に。

アルセーニイ・タルコフスキー

波が打ち砕かれ、潮の薫りを乗せ飛び散り跳ね返った白い光が、赤茶けた鉄格子の小窓に差し込む部屋に、名残惜しさを隠しながら、心奥に秘めた少しの企みさえも焼き尽くすような眩しい照明の廊下を抜けて、旅の初めに感じる漠とした不安と期待とに軽い興奮を覚えながら、下界との重い扉を開け敷島俊介は再びシーシュポスの岩を運び始める。

三年前、医療刑務所の門を入る時、確かにダンテの地獄門の「此処に入る者よ！　一切の望みを捨てよ！」と魂に囁かれたのを覚えている。そして、毎夜毎夜その囁きと右手に残る拳銃の冷たい重みと発射の衝撃が、眠れぬ夜にさらに拍車をかけて覆い被さっていた。

「俺の出所日など、誰が知るものか」と思う反面、劇的な邂逅のワンシーンを思い描くも、待つ車も人影もなく、ただ魂の抜けた中年オヤジが草臥れた鞄一つぶら下げて、とぼとぼ歩きながら見通しの良い大通りに出て、バス停を探した。剥き出した路面の照り返しの歓迎を全身に浴びながらバス停に近づくと、喪服姿の女性が軽く会釈した。更に近づいて行くと、馴染みの仕草に覚えのある色香を漂わせ亮介の眼前に迫った。菅山紗耶香であった。

「紗耶香ちゃん！　俺を迎えに来てくれたの？」と三年間の刑務所暮らしが何等ダメージでは無かったような、相変わらず女性に甘えた口調の言葉を発しながら、暫く感覚することのなかった、頸動脈に血液が急激に流れ込むのを感じ、亮介は血の通った人間に戻っていった。

「帰る所あるの？」といきなり、紗耶香が神妙に尋ねると、

「俺は天涯孤独だ。子曰わく、『疏食を飯らい、水を飲み、肘を曲げてこれを枕とす。楽しみ亦た其の中に在り。不義にして富み且つ貴きは、我に於いて浮雲の如し[1]』」と論語の一編を開かして見せた。少し間の抜けたニヒリズムは以前と変わらないが、あれだけシェークスピアに陶酔していたにも拘わらず、今度は論語を持ち出して来た。紗耶香は従前より、この敷島のペタンチズムで、得意げな少し気障っぽい、したり顔を憎からず思っていたのではあるが、

「何それ。どういう意味なの？」と苦笑しながら少し語気を荒げて問うた。

「いや〜。俺がムショで学んだ人生訓だ。毎日、代わり映えのしない天井の染みを見て暮らすしかない状況で、唯一の楽しみとして本を読み漁った。差し入れて貰った中に中島敦があり、そこから中国の古典に興味を覚え、憂き身をやつし、渉猟するうちに手に入れた一編だ」と敷島にしては至極真っ当に応えた。

「それは良いけど。帰る所、行く所はあるの。これからどうするの！」と現実に引き戻す紗耶香の問い質しに、躊躇っている所へ巡回バスが着た。乗車口にたどたどしく足を踏み入れ、殆ど客の居ない空間を泳ぐように移動しながら後部座席に座り、

「もう、すっかり何もナッシングだよ。なんせ、殺人者だぜ。そんな者に世間は容赦ないだろうよ。まあ、自分で蒔いた種だけどね。悪いけど少しの間、紗耶香ちゃんの所に居候さ

せてよ。直ぐに、部屋探して出て行くから」と紗耶香に会った瞬間に閃いた安易な悪巧みを恰も悲劇のヒロインのように申し入れた。

「少しの間なら構わないけど、でも、これからどうして行くの？」と親身に敷島の顔を覗き込むのを余所に、

「紗耶香ちゃん。今日は出所祝いだよ！　これからの生活設計は後で考えるとして、先にアベベに寄ってくれんかなぁ。まだ店閉めてないと思うけど」と刑務所での三年間の苦痛等を微塵も見せない敷島の心理状態に驚きながらも、紗耶香は優しく慮って、

「アベベって？」と尋ねた。

「紗耶香ちゃんには云うた事なかったかなあ。ジャズ喫茶だよ。千日前にある。難波駅に着いたら案内するよ。兎に角、俺の音楽資質に溢れた脳が、音を渇望している。音を聴かないと、次のステップに行けない瀕死状態なんよ」と先程迄の中国古典に陶酔した話はどこへ行ったのかと思わせる程に、久し振りの饒舌感に酔い痴れながら喋った。

　バスを乗り継ぎ地下鉄に乗換え、周りの喧騒が二人の永い沈黙を和らげ出したころ難波駅に着いた、平成三十年十月二十三日の午前十一時半だった。三年振りの難波駅には何ら郷愁も感動も覚えることなく、人混みの中を地上に向かい高島屋の前に出た。ただ、周りの喋り言葉の抑揚に触発されたのか、敷島は大阪弁を取り戻し、入所以前より更に訛りに

拍車がかかった。

「ほな、行こかぁ。逸れんようについておいでよ。何やったら、手繋いだろか！」ともう勢いが止まらない。住み慣れた大阪の雰囲気が敷島を完全に元の人物に戻してしまった。


古い雑居ビルの地下に「アベベ」は在った。

「おぅ！　まだ、やってるんやぁ。俺を待っててくれたんやなぁ、きっと！」と独り言を呟き乍ら、紗耶香の手を引いて階段を下りた。重い扉を開けるなり、

「待っててくれたんやなぁ。有難う！」とマスターに向かって口の中で呟き、身振りを交えて挨拶した。開店直後の薄暗い店内には、客も居らず、ただデイヴ・ブルーベックの「テイク・ファイブ」のサックスが軽やかにスイングしていた。敷島と紗耶香は大型のアルテックA7スピーカーの前から二列目に、隣り合わせで座った。すかさず店員の麻里子がオーダーに来て、

「待ってへんかつたけど、お久しぶり。何にします？」と麻里子にとっては精一杯の邂逅を喜ぶ表現だった。麻里子は美人には違いないが、冷たい彫の深い木偶のような美しさで、その美しさが周囲をざわつかせても、それが己に起因しているとは気付かぬように思われる。いや、気付かぬ素振りを装っているのかもしれない。何故に、このような薄暗いジャズ喫茶で永年アルバイトをしているかは不思議ではあるが、ジャズに興味を持っているのは

確かなようだ。

「おおきに、スンマへん。相変わらず氷のような別嬪さんやなぁ。そら、ここはホットしかないやろ！　それと、厚切りトースト二人前や！　それと悪いけど、アルバート・アイラー聴かせてーや」と浪花商人ばりの口調でオーダーした。麻里子は軽く会釈しながら、

「昼から、いきなりアルバート・アイラーを聴けるよねぇ」と呟きながら厨房に戻っていった。紗耶香は大音量に閉口しながらも、やがて軽やかなリズムに体が微かに揺れ始めていた。麻里子がレコードを敷島のリクエストに応じ、ターンテーブルに載せ針を落とした瞬間、テーブルのコーヒースプーンが弾けて飛び跳ねそうなサックスの攻撃的な音が飛んできた。アルバム・スピリチュアルユニティのゴーストだった。紗耶香は、どこからこの破壊音が流れてくるのか、アンプかスピーカーに異常が発生したのかとの面持ちで、左右を見渡した。敷島は、いつものように固まった表情で椅子に沈み込んでいた。何故、敷島が刑期明けに、アルバート・アイラーを選んだのかは定かではないが、大きな声を出すことも禁じられた、鬱積した獄中生活からの解放感が魂の叫びを求めたのかも知れない。かつて、中上健次が『破壊せよ、とアイラーは言った』と書物に著す程の、先輩コルトレーンをある意味凌駕する程の、60年代の俗にいう前衛的ジャズサックス奏者である。

ずっと、我慢していた紗耶香が、固まっている敷島の手の上に柔らかい手を強く乗せ、振り向いた敷島に、

「もう、いい」と云わんばかりに顔を振った。敷島は手を握り返しながら、

「出ようか」と目配せして席を立った。料金を支払いながら麻里子に、

「有難う。また、来るわ」と云いながら使い古した黒革の財布を胸にしまった。

「有難うございます。でも、今日は早いね。アイラーお気に召さなかったのかな？　それとも、彼女のせいかな？」と店内に鳴り響くアイラーの叫びの間隙を縫いながら声を掛けた。敷島は重い扉を開けながら、

「アイラーに生きて行く勇気を貰ったよ」と麻里子に応じながら、紗耶香を労わるように外に出た。先に階段を上る紗耶香の喪服姿を今更ながら艶めかしく感じていた。

　暗闇から出て、秋とはいえ天頂のギラギラした宙を見上げ、一瞬眩暈を覚えながらも、生気と大阪弁を取り戻した敷島亮介はクラークケントのように充電されていた。

　何度も通った安普請の紗耶香の部屋に到着し、「まだ、此処に住んでたんや」と感慨深気に心で呟きながら、敷島の新たな生活がスタートした。


　鉄格子から解放された一夜が明けたが、亮介は然程の解放感も感動も覚えず、紗耶香に優しく見送られながら地下鉄で難波に向かった。

　警察時代の知り合いの不動産屋を訪れドアーを開けるなり、

「久しぶりやの！　元気に悪い事してるかぁ」と相手が両手を振りながら苦笑するのを、笑みで応えながら矢継ぎ早に、

「探偵しよう、思とんねんけど、ええ物件ないか？　出来たら、寝泊まりできるような格安物件。分かってるやろけど、賃料は催促無しの出来高払いや。それと物件は松田優作の探偵物語をイメージしてくれたら有難いね」と捲し立てた。

「堪忍してーな！　ほんま。ヤクザより怖いわ。どないしはりましたん。逮捕されて世の中平和になり大喜びでしたし、ワシ等も胸撫で下ろしてたんやけど、何でこないに早おう出て来てしもたんや」と、大阪の形通りの挨拶で応じた。

「詳しいことは、仮釈放の身やから話せまへんわ。そのうち、キッチリ落とし前つけたるさかい、部屋頼んだで！　場所は大阪市内やったらどこでもエエで」と言うなりドアーを乱暴に閉めて出た。亮介は己で探偵を口遊(くちずさ)んだものの、この時点でも一体何をしようとしているのか確たるモノは持っていなかった。ただ、今までの取り返しのつかない時間の浪費を何とか取り返したいと闇黒(あんこく)の海底で藻掻(もが)いているのは確かだ。

　一週間程して、亮介は紗耶香の部屋を出て西区九条に探偵事務所を構えた。地下鉄駅から歩いて数分の裏通りに面した場所で、表の壁面にもクラックが複雑に入り経年劣化は隠せず、現状不適格物件であることは明らかな雑居ビルであった。すでに、室内には固定電

話も設置されており、ドアーにも探偵事務所の銘が掛かり、その他最低限の生活道具も揃えられていた。全て、不動産屋の古川が敷島のために用意したものであることは間違いない。掃除を手伝うために付いて来た紗耶香ではあったが、

「全部揃てるね。掃除も行き届いているし、私の出番はないわね」と少し不満げに、亮介の闇の部分にそら恐ろしさを感ぜざるを得ない表情をしていた。それに気付いた亮介は、

「もう十年以上前になるけど、この不動産屋の古川が、傷害致死事件に巻き込まれた時、結局あいつの無罪を証明する証拠を俺が偶然探し出した。それから、あいつは、俺に恩義を感じているらしい。世の中、何が善で何が悪か分からんな」と不安気な紗耶香に、いつものしたり顔で説明した。窓から外を見ていた紗耶香が、

「ドーム球場の屋根が微かに見えるね」と笑みを浮かべながら、

「ここで、亮介さんの第二の人生が始まるのね」と亮介の肩に手を回し抱きついた。亮介は、ふと、『愛は憎しみの始め、徳は怨みの本なり。ただ賢者然らず[2]』と紗耶香の耳元に囁き、己の覚悟を示したが、紗耶香は真意を量りかねていた。

　簡易な応接用ソファからいつもどおり起き上がり、顔を洗い、鏡に見入って己の生存を確認する日々が続き、探偵業は開店休業状態であった。昨夜使用したフイルターの中の固

まったコーヒー粉にお湯を注ぎながら、

「こんな事、してたらアカンな。何ぼ何でも」と香りのしないコーヒーを口に含みながら、安物のスチール机に放置されたキャメルの箱を手に取り、数少ない中から一本取り出し火をつけた。亮介の鼻から出た紫煙が、生活臭と男臭で充満した室内の天井に舞い上がり、這(は)った。

「仕事もないし。無事出所した挨拶にでも出かけるか」と口の中で呟きながら服装を整え始めた。


敷島は逮捕された事件関係者のその後の状況にも興味がなく、今どこに勤務しているのかも知らないまま、アポも入れずに、確実に知己(ちき)が存在していると思われる大阪府警本部に向かった。案内係の人物にも覚えがなく、

「科研の中田恭子(なかたきょうこ)さんは、今どこですかね」と唐突に尋ねると、

「どちら様ですか。どのようなご用件でしょうか」とマニュアルどおりの誰何(すいか)に、

「俺は、いや私は元大阪府警に居りました敷島です。中田さんには大変お世話になっており、久し振りにご挨拶したく思い……」と、同僚に丁重に頼む習慣の持ち合わせのない遣(や)り取りを、横で苦々しくも笑みを浮かべながら、

「敷島警部ですよね。お元気そうで」と、

「この人なら大丈夫です。私が応対します」と案内係を制して、ロビーの隅の椅子に案内した。状況が読み込めないでいる敷島に、

「以前、泉北T署の交通係をしていました東野です。敷島警部の事は、ずっと興味を持って見守っていました。一年前から本部の交通総務課に努めています」と自己紹介を受けた敷島は、

「顔と名前は何となく見覚えがあるが、話したことは無いよね。初めまして」とぎこちないまま、

「それで、科研の中田恭子さんは今どこかな」と出だしに辿(たど)り着いた。

「中田主任は警察庁の科学警察研究所に赴任されました。事件の後、いや失礼しました、悪気はありません。その後、半年ぐらいして四月の異動で」と東野は淡々と人事を開示した。敷島は、

「そうか」と応え、次の言葉を探し倦(あぐ)ね、

「北村警部補は、どこかな?」と絞り出した。

「確か、今年の四月に曽根崎署の刑事係長として赴任された筈ですよ。事件後は、泉北T署から本部の総務部付に異動になったのですが、エリートは出世が早いですね。本当に」と東野は自分に言い聞かせる様に応えた。

結局お目当ての二人にも会えず、府警の敷島をロビーから中への侵入を拒絶していると

いうスタンスが犇々(ひしひし)と伝わり、東野とも諧和(かいわ)することもなく軽く礼をして府警本部を後にした。

「所詮、誰も俺の出所を待っていた奴はいないと云う事だよ。まあ、当然だろうけどね」と心の襞(ひだ)に刻むも、『人(ひと)の己(おのれ)を知(し)らざるを患(うれ)えず、人(ひと)を知(し)らざるを患(うれ)う[3]』かと、己を戒(いまし)める成長した一面を見せたが、決して涵養(かんよう)された教養ではなく、取ってつけた粗野(そや)さは相変わらず拭(ぬぐ)えない。

敷島が、この時点で大阪府警本部を訪ねたのはあの事件との関係を検証するという意図はなく、ただ知り合いを探していただけの事であるようだ。併し乍ら、敷島があの事件に関して、心の奥底に処し難い痼(しこり)を持っているのは自明の理であるが、本人に自覚症状が有るかどうかは定かでない。

敷島の事務所に、中年の女性が訪ねて来た。事務所を開いて約三週間経っていた。これが敷島の最初の仕事となった。

鋼製の重いドアーが油切れの鈍い音を発しながら内側に開かれた。身なりの整った五十代と思しき女性が入って来て、

「調査をお願いしたいのですが、受けて貰えますか？」と唐突に切り出した。

「まあまあ、ゆっくりお話しを聞かせてください」と席を勧めながら、向かいに対峙した。初の依頼で、対応の要領も得ず、更には、やっと仕事が来たという安堵感から口元の綻びは隠しようもなかった。

「どうされましたか？　いや、どのような調査をお望みでしょうか？」と、慇懃に接しようとする余り不慣れさを露呈した。

「私の娘を探して欲しいのです」と女性は口火を切った。敷島は、警察時代の尋問口調を出してはいけないと、己に言い聞かせながら、

「娘さんは、どうされましたか？」と問いながら、

「その前に、調査料は、今回オープン記念として特別料金で、一件二十万円、税込み。それと交通費実費、実質調査日数が三日を超える場合は、超過調査料として……」とタイミングの悪い手際の悪い説明途中で、

「あのー。調査料は幾ら掛かっても構いません。何から話せば、良いのか……」と早く話を

聴けと、ばかりに遮った。

「分かりました。分かりました！」と言いながら、冷蔵庫からペットボトルのお茶を取り出し、相手に勧め、

「最初に戻りますが、娘さんはどうされました？」と、出だしの不手際を挽回せんと、何もなかったかのような顔をして聞いた。女性は、どこから話せば一番理解されるのか考え倦ねながらも、

「今から、三年前、平成二十七年十月十二日。体育の日の振替休日、月曜日の夜に書き置きを残して家を出ました。今どこで何をしているのかを調べて貰いたいのです」と、ペットボトルの栓を開き一口飲んだ。ゆっくり間合いを置いて敷島は、

「娘さんが残した置き手紙の内容は、どのようなものでしたか？」と丁重に聞くと、女性は、

「持って来ましたが、内容は、これまで育てて貰った感謝と今後行方を捜して欲しくない。決して、事件等に巻き込まれた訳ではない……」と話しながら、テーブルに手紙を開いて見せた。その手紙を食い入るように見ながら敷島は、

「落ち着いた丁寧な文字だし、事件性は無いように思えますが、家出する心当たりのようなモノはありませんか？」と核心に触れ始めると、依頼者は、

「娘は、当時二十一歳で、翌年四月から就職先も決まっていた普通の大学生でした。何等

世間も知らない子が、見ず知らずの所で何をしているのか、不憫でなりません」と云いながらハンカチで目頭を軽く押さえた。

「家出理由が分かれば、調査もし易いのですが、大学関係、友達関係それに家庭事情に何かお気づきの点は無いですか。ほんの些細な事でも」と敷島は手掛かりを求めたが、

「娘・祥子は一人っ子で、大事に育ててきたつもりですので、家庭に不満はなかったと思います。友達・学校関係にもトラブルらしきものは耳にしたことはありません」と自分達には原因は無く、あくまで娘に原因・事情があると言いたげである。敷島は少し目線を変えて、

「この家出の件は、警察に届けられましたか?」と訊ねると、

「当初迷いましたが、明らかに事件性もなく、ただの家出だし、本人の希望もあり家庭内事情として、届はしていません」と素気なく応えた。

「そうですか……。そしたら、どうして今頃になって調査を依頼する気になったのですか」と敷島が訝し気に尋ねると、

「今、無事かどうか、元気に暮らしているかどうか、を調査してもらうのに私達の事情を話さなければなりませんか?」と少し語気を荒げ感情的になった。何かを隠しているのか、言えない事情があるようだと敷島は感じながらも、

「決して、家族の事情を詳細に話して欲しいと云っている訳ではありませんよ。先程も申

しましたとおり、家出の原因等何気ない所作が、調査には重大な手掛かりとなるものでお聞きしています」と警察時代の敷島には考えられないような丁寧な受け答えが続く中で、『人みな有用の用を知りて、無用の用を知るなきなり[4]』と、所謂荘子の「無用の用」を心の中で呟き、一人悦に入って居るところに、依頼者が、

「娘が家出をして、どこに住んでいるかも分からない。無事に生きているのなら、連れ戻すことは望まないが、状況を調査して欲しい」と娘さんの顔写真、履歴書をテーブルに並べて置いた。敷島は、今はこれ以上の情報収集は難しいと考えて、調査依頼の申込書類に記入を求めた。依頼者が記入している間にも、初仕事が警察で最後に扱った行方不明事件と、何やら因縁めいたものを感じ、不気味さを覚えていた。

依頼女性に、家出に繋がる何か気付いた点があれば連絡して欲しい、こちらからも一週間程度で何らかの報告をします。と告げドアー迄見送った。

依頼女性が帰った後、久し振り机に向かい調査依頼書類等を丹念に読み返した。

山崎祥子、平成六年八月十日生、二十四歳、住所大阪市阿倍野区帝塚山、身長約百六十㎝、体重五十二㎏、当時大阪フェリス女学院大学文学部四年生、趣味：ピアノ音楽鑑賞、読書、テニス　特徴：性格温厚、顎の右下に黒子あり。

「変わった特徴もなく、どう見ても、ええ氏のお嬢さんやなぁ。こりゃ、手強いぞ！　家出したのが、俺がまさに収監された時期と重なる。そして、俺が出所して直ぐ、この家出調査か」と自問自答しながら、やはり、何か単純に調査として扱えないような重いものを感じたが、まさに、『疑を以って疑を決すれば決必ず当たらず[5]』であると己を戒めながらも鼓舞した。

　仕事を切り上げても帰る所がない事務所兼寝室で、ソファに寝そべり天井を見つめ、キャメルを燻らしながら、

「家出してから三年経って、行方が知れんと云う事は、大阪にはおらんちゅうこっちゃな。一寸単純すぎるかな。ほな、どこや？　全国虱潰しに探し回る訳にはいかんしな。まずは、警察で身元不明者の遺体確認、それと交友関係から情報を得るために、使用していたパソコン等の調査やなぁ」と調査方法を捻り出しては、ソファから這い出し、冷蔵庫から缶ビールを手にして再び寝そべり策を練った。

　翌朝、家出捜査の依頼主の山崎良子に電話を入れ、娘さんが使用していたパソコン閲覧の了解を取り付け、曽根崎署に向かった。北村俊介とは、あの事件以来一度も会っていない。受付で北村警部補に応接を求め、マニュアル通りの誰何を終え、小会議室に案内された。窓のない素っ気ない部屋に、「警察はどこも同じやなぁ」と口の中で呟きながら北村を待った。数分して、北村がダークスーツ姿で現れた。敷島の顔を見るなり挨拶もせずに、

「いつ、出て来られたんですか？」と尋ねた。「おいおい、お前が捕まえた犯人の動向も知らんのかいな。もう、一か月前になる」と嫌味たっぷりで返したつもりが、

「私は、今でも敷島さんを誘拐殺人犯だとは思っていませんよ。ただ、あの場面は敷島さんが町田を撃ちそうだったので、止むを得ず撃ってしまいましたが……」と口籠りながら申し訳ない表情をするところは以前の北村の儘であるが、更に、

「犯人は他に居る。町田か名和か、また別の誰か」と事件の核心に迫り、熱弁を振るう北村に違和感を覚えた敷島は、

「待て、待て！　ここは警察やぞ。そんな、誤認逮捕みたいな事を、刑期を真っ当に務めた男を前に、軽々しく警察官が喋ったらアカンがなぁ。ほんま、変わらんお坊ちゃま君やなぁ。今日は、そんなこと聞きに来たんちゃうし、まずは挨拶からやろう。あの礼儀正しい北さんは、どないしたんや！」と北村の勢いを冷ました。北村は、

「すいません。すいません」と小さな声で呟き席の奥に腰掛け直しながら、

「一度、ゆっくり謝罪に伺おうと思っていましたが、事情が事情だけに躊躇していました。ここで、不手際を謝罪させてください」と今にも泣き出しそうになった。

「俺は、今でも自分が犯人やとは思っとらん。そやけど、核心部分を覚えとらんのや。どうしょうもない。北さんが俺を撃ったことは警察官として当然や。そやけど、痛かったで！初めて体の中に弾が入った感触、もう痛いのなんの、火傷や、右肩が燃え落ちるんやない

かと思った。実わなぁ、北さんを苦しめるつもりはないけど、今でも痛いんやぁ」と敷島は冗談粧(めか)して北叟笑(ほくそ)んでみせ、

「まあ、あの事件の事は、また、ゆっくり聞かせて貰うとして、俺は今なぁ、新米の探偵してんねん。食っていくためにはしょうがない。そう云う訳で、伝手(つて)の少ない俺にとっては、北さんを頼りに来たわけや……」と敷島が云い終わるのを遮(さえぎ)るように、北村は、

「敷島先輩の事なら何んでもやりますが、警察内部の情報は立場上洩らせません」と毅然(きぜん)と言い放った。

「北さん。そういうとこやで、頭の回転の良さが果たして最悪の結論を導き出す。俺は警察に協力しょうとしているんや、警察での身元不明者の遺体を、少しでも解決してやろうと本日、訪ねた分けよ。山崎祥子二十四歳、詳細は此処に置くから、身元不明者と突合(とつごう)して欲しい。以上や。簡単やろぅ、係長ともなれば事務の女の子にでも任せたら一発やろぅ」と立て板に水のように話した後に、

「それで、警察に協力してくれた町田のオッサンは今どうしてる？　いや、中田女史のことは府警本部で仄聞(そくぶん)した」と罰悪るそうに聞いた。北村は少し戸惑いを見せながら、

「町田泰三(まちだたいぞう)は、事件現場から右脚の負傷で警察病院に搬送され、一週間程度入院していましたが、退院後の消息は私には分かりません」と残念そうに応えた。

「おいおい、事件の重要参考人と違うんかい？　そんなことで、俺だけが懲役(ちょうえき)って、どな

いなっとんねん！　ほんま、『片言以て獄を折むべき者は、それは由なるか[6]』みたいな者が居らんのかいなぁ、俺としては、あれは裁判としては公平ではなかったような気がしてる」と興奮しながらも、冷静さを取り戻すべくギアチェンジをして、

「そうか、町田も分からんし、中田女史も東京やし、皆、上手く俺を遠避けてるね。お礼参りなんかせーへんがなぁ！　まぁ、この話は、先も云うたけど、また改めてということで、依頼の件頼むわ」と席を立ち、見送ろうとした北村を制止し曽根崎署を後にした。

「北村の俺への対応は以前と変わらんが、何か隠しとるなぁ。まぁ、この件は時期が来たら詰めましょう！」と未だ確信の持てない己に云い聞かせるように呟いた。

梅田から地下鉄で難波に向かい、アベの麻里子とスイスホテル南海大阪6階のラウンジで待ち合わせた。

「どないしたん？　長年顔馴染みやけど、初めてですね」と素っ気ない科白に、

「頼みがあるんや」と敷島が切り出すと、

「アカン、アカン。男には興味ないし、揉め事には巻き込まれたくないわ」と麻里子は人間嫌いの性格を前面に押し出して来た。

「まぁ、一寸話を聞いてくださいよ！　麻里ちゃんはパソコンとかに詳しいと聞いたけど、助けてくれへんかな。俺は皆目あきまへんねん」と哀願すると、

「詳しいと言っても、パソコンでデザインを描いたり、色付けみたいな事をやっていただけやけど、まぁ、コンピューターの基礎的な事は理解していると思う。昔の話やけどね」と乗って来た。

麻里子に、極上のスイーツをご馳走しながら、敷島の今の仕事を掻い摘んで話し、今回の依頼者の家出した女性のパソコンから、家出に結び付く情報を得て欲しいと頼んだ。また、個人情報守秘の観点から、探偵助手として一日程度で見つけ出して欲しい旨付け足した。

翌朝、麻里子を伴って大阪帝塚山の閑静な住宅街を訪れた。門に取り付けられたカメラ付きのインターホンを押し、用件を告げると豪華な重厚なドアーが開き依頼者の山崎良子が門扉まで迎えてくれた。早速二階へ娘の山崎祥子の部屋に案内された。八畳程の広さで、南面に大きな窓が設けられ、レースのカーテン越しに暖かい陽射しが感じられるものの、人の温もりを感じない整理された部屋であった。敷島は、母親に厚かましく押し掛けた事情を謝るとともに麻里子を紹介、本日の調査内容を説明して立ち去ろうとした。玄関まで送って来た母親から、部屋は以前隈なく探したが何も出て来なかった。パソコンも授業で使うぐらいで何も出て来ないと思う。普段は、スマホを使っていたが、家出後解約されている旨の情報を提供された。折角意気込んで来た調査だが出鼻を挫(くじ)かれ消沈(しょうちん)したが、麻里子には伝えず帝塚山の邸宅を離れた。

麻里子は母親からパソコンのパスワード等最低限の情報を得て作業に取り掛かった。ノートパソコンを開くと、画面の上部にパスワードが書かれた古びたメモ用紙が張り付けられていた。その通り入力すると山崎祥子のパソコンは開いた。

「凄くキッチリ整理されているわ。家出する前に整理したんやね。それにしても、授業で作成したレポート類の他は、個人の情報らしき物が殆どない」と一瞥しただけで、敷島に朗報を伝えられない思いで気が滅入り始めた。失踪するような記載項目は勿論見当たらない。メールもここ二年、商売目的の勧誘メール以外は届いていない。

「メールを読んでも私には関係性が分からんし、失踪に関係あるかどうかも分からん」と思考停止状態になりながらも、失踪後にメールが届いている友と思しき三名と過去一年間に届いた個人名義らしきメール数名分の内容をプリントアウトするとともに、アドレスを手帳に控えた。「日記」と云うファイルに手掛かりを期待して開けると、一日分が数行に箇条書きになっており、感情を表すような記載はないと思われたが、失踪より遡る約一年分を両面印刷した。数十枚になった。

夕方まで、麻里子は能力全開で丹念に調べたが、これ以上の情報は得られなかった。帰り際に母親が、

「何か目ぼしい物は出てきました?」と聞くも、「失踪に直接繋がる物は何もなかったで

す」と素っ気なく応えると、母親から、

「父親の事を何か書き残していませんでしたか？」と意味有り気に問いかけられ、

「父親も含めご両親関連も何もなかったように思います。今のところでは」と応じた。

祥子の部屋は綺麗に整理されていたが、麻里子には、何か無性に魅(ひ)かれるというか、この場所には不釣合いな本が書棚にあった。その人生哲学風の本を手にして、パラパラと数枚捲(めく)るも何ら仕掛けも手掛かりらしきものは得られなかった。

然程(さほど)の収穫も得られないまま、山崎邸を後にした。情報量の少なさに比して大量のコピーがやけに重く感じながら、敷島との待ち合わせに、難波の一杯飲み屋に向かった。

麻里子が店に入って来るなり、

「お疲れさーん！　どうや、探偵業は？」と間の抜けた笑みを浮かべながら声を掛けると、

「探偵業って！　よう、言うわ。もう、二度としませんよ。こないな、辛気臭(しんきくさ)い事」とけんもほろろに返された。

「まぁ、一杯飲み」と言ってビールの入ったコップを差し出した。美味しそうに飲み干す麻里子を見ながら、

「麻里ちゃんは、本真に綺麗な！　その呑みっぷりにも惚(ほ)れ惚(ぼ)れするぜ！　ところで、何か収穫は有ったかいなぁ？」と茶化しながら素に戻った。

「私には、よう分からんけど、直接の失踪に結び付くものは得られなかった。一応メールの遣り取りと日記のコピーをとって来たわ」とリュックバッグから紙袋を差し出した。

「やぁ、これは、お手柄、お手柄。助かるわ。ほんなら、明日、これについて説明に事務所に来てよ」と本日の労いと感謝の意を伝え、調査料一万円と明日の分五千円を渡した。麻里子はそれを受け取りながら、

「分かった」と小さく頷いて明朝十時に来る旨伝え、アベの仕事に戻って行った。

敷島は、専門家にパソコンの解析を依頼すれば、消去された情報からあらゆる情報を取り出せることは十分承知しているが、今回は事件性が薄いこともあり、更に麻里子に別件で己のパソコン環境を整えて欲しいという思惑もあり、敢えて素人の麻里子に依頼したのだが、この事は麻里子には伝えていない。

麻里子が山崎邸でパソコンの調査作業をしている間に、敷島は曽根崎署の北村の携帯電話に直接コンタクトをとり、身元不明者の遺体の割り出し状況を問うた。バツの悪そうな北村の姿が目に浮かぶように、

「こちらから、分かり次第連絡を入れる予定でしたが……、本日現在、山崎祥子と思しき遺体は挙がっていません」と素気ない北村の返答を受けた。その後、区役所に出向き、方法の体で山崎祥子の実在と家族関係を閲覧した。

山崎祥子は実在しており、家族構成等も母親の証言通りである。ただ、父親は養父であり、母山崎良子は祥子を連れ子として、二十年前に再婚している。

「これだけでは、何にも分からんな。こんな時に、町田のオヤジの透視が本真もんやったら、大助かりやったし、俺の所もエライ有名な探偵事務所になっとるのに……」と缶ビールを片手に、未だ入口にすら辿り着けない調査依頼に困惑していた。

敷島はアルコール性健忘症との診断を受け、受刑中は当然に断酒であり治療に専念した結果、酒量を抑え深酒しない程度なら問題ないと医師の診断を得るまでに回復しており、出所後も晩酌程度の量しか飲んでいない。元来、敷島はアルコールその物が好みでなく、少しの高揚感とコミュニケーションを円滑にするために、必要以上にアルコールを摂取していたようであるが、事件後の今となっては虚しい言い訳に過ぎない。

敷島が、朝のルーティンを終え、薄めのコーヒーが溢れんばかりに注がれたマグカップを口に運んでいると、麻里子が事務所のドアーを開けて入って来た。

「お早うございます。少し早いけど来ちゃいました」とGパンに白のブラウスと、少し流行遅れの出(い)で立ちながらも持ち前の美形が上品感を醸(かも)しだしていた。

「早いなぁ！　美味くないコーヒーでも飲む？　アベベのと、比べたら只の煮え湯やけどね」と喋りながら麻里子を座るように手招きし、先程の残りのコーヒーをカップに入れて差し出した。

「喉乾いていたから、砂漠に水のように染み込むわ」と云いながらも顔を少し歪め、

「お水貰えます？」と敷島のコーヒーに婉曲にダメを出した。

「美味いコーヒーには旨い水が付きモノや」と分かっているよ、みたいにハニカミながら冷蔵庫から天然水を取り出し、とっておきのバカラのタンブラーグラスに注いだ。所々に見せる敷島の拘りの逸品である。グラスをテーブルに置きながら、

「頼みが有んねんけど、麻里ちゃん。」と持ち前の女誑しが始まった。

「今朝は、そのために来たんやから。もう手当もコーヒーまで貰っているし」と麻里子は冷たい表情に皮肉を浮かべながら応えた。

「勿論、調査の話は後で聞くけど、俺の探偵事務所のアドバイザーになってくれへんか。云うても、大した手当も出せんけど、アベベの合間に一寸手伝って貰えたらええ。それも、最初だけや」と辿々しいが熱のこもった敷島の喋り口調に、麻里子は、

「どないしたん？　もしかして、口説いてんのん？」と端正な顔を崩し惚けながら、

「ええよ。私でよかったら、何でも手伝うよ。ただし、アベベの仕事は辞められんさかいに、その辺は宜しく！」と以外にも簡単に快諾した。

「有難う！　ほな、早速、探偵事務所のホームページを作ってくれへんか。この時代、ＳＮＳを使わんと、客も来んわ。そないな、難しいのはエエから、客が調査を依頼したくなるよ

うな清潔、明朗、親切、丹念をモットーとしている事務所の印象を与えてくれたら良い。どや！」と敷島の思惑通りに麻里子の協力を得られることになり、一段と饒舌になった。

「イキナリ!!　何でもやるけど、嘘や誇大広告は出来ませんから！」と半笑いで麻里子が引き受けたのを見て、『政をなすの要はただ人を得るに在り[7]』と口の中で呟きながらほくそ笑んで、

「そしたら、昨日の調査内容について、少しレクチャーしてくれるか」と一転、元刑事の顔になった。

「昨日、渡したコピー在りますか？」と紙袋からコピーの束を敷島から受け取り、

「まずは、これが山崎祥子宛てのメールの写しね。失踪前後にメールを遣り取りしていた三名分。失踪に関係があるかどうかは分からない。後、失踪後に個人名義と思しきメール数名分。売込目的等のメールもかなりあったけど、失踪には関係ないと省いたわ」とコピーを指しながら説明を始めた麻里子を、敷島が、

「メールの遣り取り相手に、男は居らんかったか？」と遮った。

「詳しく内容を読んでいないけど、敷島さんが意味しているような男は感じられなかったよ」と麻里子は独特の嗅覚を披露した。

「そうか。麻里ちゃんが云うのだから、そうなんだろうなぁ。続けてくれ」と敷島は相槌を打った。

「メールは以上ね。えーと、この三枚ね」と敷島に手渡しながら、

「日記が、このようにかなりの量あるのね、失踪以前の一年分、数十枚あるわ。日記というより、よく整理されたメモという印象ね。勿論、内容は吟味していないし、失踪との関係も分からないよ」と麻里子は簡潔に説明して、日記のコピーを敷島に手渡した。

「なかなかこの量を、吟味するのは大変やなぁ。時間食うやろなぁ。調査料安すぎたかな」と麻里子に、相変わらず間の抜けた笑みを見せながら敷島は、

「他に、麻里ちゃんが気付いた事なかったかいな?」と麻里子をジロリと見やった。

「そうーね。帰り際に、母親が、娘が父親について何か書いていなかったか、と聞かれたなぁ。父親と何かあるのかもね」

「そりゃ、大きなヒントやなぁ。父親が失踪に関係しとるかもなぁ」と麻里子を労い（ねぎらい）の目で見つめながら敷島は、

「ほな、この資料は私しめが、十分咀嚼（そしゃく）吟味（ぎんみ）させて貰います！　分からん事が有ったら連絡するわ。今日はこれまでや。有難う。ホームページ頼むわなぁ！」と麻里子に畳み掛けるように言葉のシャワーを浴びせた。麻里子は、

「ハイハイ。後はよろしゅうに！」と、席を立ちドアーのノブに手をかけたが、振り向きながら少し顔を曇らせて、

「これは、女の感と云うより、私の直感なんだけど、整えられた麻里子の書棚に、一冊だけ

他と種類が異なる、また女性には似つかわしくない書物があったの。書物には何の仕掛けや閉じ込みもなかったし、目立った書き込みもなかった。まぁ、私の検討ハズレかも知れないけどね。一応調査の足しになるかと思って」と首を少し竦(すく)めて見せた。

麻里子が帰った後に、敷島はデスクに麻里子から受け取った資料を広げ、初めから丹念に読み始めた。途中、昼過ぎにカップ麺を掻き込みながら夕方まで没頭した。

「ウーン。普通やなぁ。普通過ぎて怖ろしい位や」と、一年分の日記は麻里子が指摘した通り、その日の出来事の備忘記録のようなものであり、意見を述べたり、感情が露出する所もなく、何の手掛かりも掴(つか)めなかった。また、父親に関する記述もなかった。メールの遣り取りも日常会話、スケジュールの確認の域を出るものはなかった。敷島は、これは、将に『軽諾(けいだく)は必(かなら)ず信寡(しんすくな)し(8)』に陥る可能性があるなと、己に更に慎重に取り組むべく戒めながら、最後の望みとして、そのメールに記載のあるアドレスの人物六名に、山崎祥子が行方不明であり、心当たりはないかを率直に尋ね、自分は調査依頼を受けている探偵である旨をメールで伝え、返信を待った。

その夜には五名から返信が来た。内容からすると三名が女性で二名が男性であると想像されるが、何れも、温度差はあるものの、驚きと伴に、最近(家出以降)はメールの遣り取りは出来ていない、アドレスが変わったのか未達になっている。との回答であった。しかし、メルアドを交換する程の相手が音信不通となっているのに、相手を探そうとしない距離間に敷島は納得がいかず、更にメールの内容から祥子と親しそうだった二人の女性に再度送信した。

何故、メールが届かないのに、祥子を訪ねたり、探そうとしなかったのか？　祥子に何か異変を感じていたのではないか、または何かを知っていたのではないか？　と、剛速球を投げかけた。

篠崎玲奈（しのざきれいな）と名乗る女友達から、直ぐに返事が来た。内容は、

「私は、祥子と大学のクラスメートでした。祥子からのメールの返信が無くなった翌日から祥子は大学にも姿を見せず、その後親が休学届を出しており、現在も休学扱いになっている筈です。私は、祥子に何かあったと思い、帝塚山の家を一度訪ねたことがあるが、母親から、突然本人が出家して尼僧になりたいととんでもない事を言い出し、聞き入れられないのなら自害するとまで言われ、翌日、知り合いの福井の尼寺に預かって貰った。とのことでしたから、携帯、スマホ等の機器は側にないと判断して、その後はコンタクトを諦めてしまい、行方不明になっているとは知らなかった。もう、三年も会っていないが、私も社会人として始動し初め、祥子もそれなりに、その道で頑張っているのだろうなぁ。そのうち、元気に会えると思って日時が過ぎてしまったと云うか、自分の事が精一杯で祥子の事まで手が回らず放置していたと云うのが実情です。でも、その時も思ったのですが、何

故に祥子が僧侶になりたかったのか、今までそのような事は噯にも出さなかったのに、と不思議な思い、ウソ！　という思いを持っていたのですが」と後悔の念を滲ませるような、長文の返信であった。

やはり、家出には何らかの原因、祥子が家を出ざるを得なくなった事件が有ったのだ。と敷島は朧気ながら疑念を抱き始めた。

翌朝、嶋田真世と名乗る女性から返信が届いた。

「私は、祥子と高校・大学を通じての知り合いですが、そんなに深い関係も無く、たまたま学校が一緒だった程度で、メールも授業の問い合わせ位で、これまで一緒に遊んだり出かける事もないような間柄です。クラスメートには違いありませんが、正直、祥子にはあまり関心がありませんでしたので、メールが不通になっても、然程驚かなかった」旨の味気ない返信であった。

敷島は、取り敢えずこの二人と対面して話を聴きたく思い、会う手筈をとった。相手が若い女性なので、不信感を与えない、安心感を与えるために麻里子に同席を依頼した。

篠崎玲奈とは、彼女の会社帰りに本町のレストランで待ち合わせた。十八時三十分約束どおり若くて清楚な女性が現れた。面談機会のお礼と同席者の紹介、挨拶を交わした後、敷島は単刀直入に、

「山崎祥子さんの失踪に、何か原因、あるいは感じるところが有れば聞かせて欲しい」と対面の篠崎玲奈の目を見据えて尋ねた。

「実は、あまりにも突然で……、今まで祥子を放ったらかしにしていた自分を責めています。お母様が、祥子が僧侶になると云うお話は余りにも唐突で、私には受け入れられなかったにも拘らず……」とメールの返信と同様に後悔の念が滲み出るように話した。しかし、敷島はそのような感情のうねりには触れもせず、

「祥子さんと連絡が絶たれる以前に、何か変化というか、いつもとは違う感じを受けた事はなかったですか。いや、ほんの些細な事でもエエんやけどなぁ」と敷島が余所行きの仮面を剥いだ顔を、篠崎の前に突き出した。この状況を横で静かに見守っていた麻里子が、

「敷島さん。抑えて、抑えて！」と前のめりなっている敷島の体を椅子の背に引き戻した。

少し驚いた表情を見せながら篠崎は、

「確か一年生の頃には、将来アメリカに留学したいとかは言っていたけど、それ以外は見当たらないです。就職先も第一志望に決まり、卒業を楽しみにしていたし……私には祥子の充実感が伝わってきて、寧ろ羨ましく思ってたぐらい順調に感じられた。だけど、ウーン……僧侶になりたいと言い出すなんて、全く理解できないし、祥子じゃないです」と俯き加減になった。

「僧侶ね。やっぱり、そこやね！　若い女性が急に、そんな領域に駆り立てられるものじゃ

ないよなぁ」とこれ以上は何も出て来ないと判断した敷島は、篠崎に丁重に礼を述べ、麻里子とレストランの出口まで見送った。

「麻里ちゃん、どう思う？」

「どう思うって！　彼女は、嘘は付いてないと思うよ。敷島さんの考えている通り、僧侶よね。私、役に立ったかなぁ？」と両手を広げて首を竦めて見せた。

麻里子がアルバイトに行くのを見送り、敷島は本町から電飾で美しく映える御堂筋を、本件の闇の部分や山崎祥子のことを思い巡らし、途中信号に考えを遮られながらも、ミナミに下った。

「あっ！　これ事務所と逆方向やがなぁ。まあ、久し振りにミナミの街を歩いてみるか」と道頓堀川を左に折れ、まだ外国観光客でごった返している戎橋を通り越し宗右衛門町に進んだ。刑事の時に科研の中田恭子、部下の北村警部補と密談を交わした「縁や」にはさすが敷居が高く入れず、高級料亭が軒を連ねる通りを後目に一軒の小料理屋に入った。木のカウンターに向い、ビールと刺身の盛り合わせを頼んだ。ビールをコップに注ぎながら、

「少し、依頼事件について纏めてみるか」と口の中で呟きながら一気に飲み干した。まだ、明日、嶋田真世の話を聴くのを残しているとはいえ、母親と祥子の遣り取りと僧侶の絡みが堂々巡りのように頭の中で繰り返されるばかりで、

「俺も三年離れていると、閃きがなくなったか。これ位の事件は簡単に解決できた筈やのになぁ。やっぱり母親をこっ酷く尋問して吐かせるのが一番やなぁ」と怖ろしい結論を導き出す始末。ビールを二本飲み干し、店を出た。

「ここまで来てもたから、麻里ちゃんのアベベに行くか」と不謹慎にも煙草を銜えながら千日前の方に向かった。

アベベのドアーを開けるなり、コルトレーンのサキソフォンが哀愁を込めて唸っていた。

アフリカ・ブラスのB面のグリーンスリーヴズが敷島の鬱憤を癒やすように心を震わせた。麻里子が何もなかったように、

「何にします？」と寄って来た。

「今日は有難うなぁ。明日、もう一件頼むわな。それと、コルトレーン終わったらマイルス聴かせてよ。カインド・オブ・ブルー頼むわ」と麻里子の耳元で囁いた。

「それで、何？　コーヒーかなぁ？」と素っ気なく促し、敷島の相槌を見て奥に消えた。

今、流れているアフリカ・ブラスは１９６１年の作品でマッコイ・タイナー、エリック・ドルフィー、エルヴィン・ジョーンズ等がサイドを固めている名盤で、敷島のお気に入りでもある。敷島のリクエストしたカインド・オブ・ブルーはジャズを聴く者が誰しも知る１９５９年作のジャズ界の金字塔と云える名盤で、サイドにはコルトレーンは勿論、キャ

ノンボール・アダレイ、ポール・チェンバース、ビル・エバンス等その時代の最高の仕事師達を従えたセプテットである。敷島がこれを選曲したのは、己がもう一度原点に戻ってみようと云う気持ちと、一曲目のソーホワットのベース音に心を揺らされたい思いからであろう。

敷島は、コーヒーを飲み干し、いつも通りスーパーマンに変身して闇の街に消えて行った。

翌朝、夜半からの雨が激しく窓を叩く中、相変わらず夢に唸(うな)らせながらソファから身を起こした。最近は、デジャブーのように同様の景色が数パターン、頭の中を駆け巡っている。この街は、いつか行ったことがあるような気がするが、思い出せない。と俯瞰(ふかん)して現れる街に思いが引き攣(つ)られ、我に戻るまで数分要する。ましてや、今朝は窓を叩きつける雨の音が亮介の回帰への踠(もが)きを煽(あお)るが如く、更に時間を要した。

「ウワッ！　どれが現実か分からんようになって来たなぁ。人捜しを請け負うより、自分を捜さなぁあかんな」と錯乱している己に呟きながら頭を手で抱え込み、覚醒させるためのコーヒーを沸かしにソファから立った。

嶋田真世との面談は夕方の六時のため、それまでに、もう一度麻里子が集めてくれた資料に目を通しながら、隠れているあらゆる可能性を考えようと、脳をクリアーにしようとするも、研ぎ澄まされた筈の脳からは、昨夜見た夢が空中に描かれるように再び現れて来る始末で、堂々巡りを繰り返した。

立ち上がり、降りしきる雨を窓越しに眺めながら、「何で尼僧なんや。母親は俺には言わなんだし、隠そうとしたのか、いや、何れはバレルのが分かっているのに、何故。分かっていることの調査を何故頼みに来た、この俺に」と想いに耽りながら、いつの間にかキャメルを燻らせていた。

そこに、滅多に掛かって来ない携帯電話が振動と共に鳴った。麻里子だった。

「はい、敷島ですが、どうしたん?」

「前に頼まれてたホームページが出来上がったから、午後三時頃伺います」と簡潔に用件だけ述べて切れた。混沌とした頭で耳にした麻里子の声に、ふと科研の中田恭子を思い出していた。

昼まで激しく降った雨は、古びたビルの塵を落とすには余りあり、止んで少し経つ今も所々に雨漏りの音が一定のリズムを刻んでいた。流石に麻里子が登場するまでにはその音も止まっていたが、

「こんにちは。何か、今日は一段とカビ臭いね」と開口一番、麻里子の嗅覚の餌食になった。

古いデスクトップのパソコンに向かって、麻里子は手際よくホームページを組み込み、

数回のセットアップを終えたところで、パソコンの電源を切った。その間、パソコンを覗き込む事もなく、チラ見もせずに、天井を見詰めて想いに耽っている敷島に、

「できたよ！　一度自分で最初から操作して試してみてくださいよ」と、敷島の椅子を突いた。不意を突かれ慌てて、

「有難う、アリガトウ。ご苦労さん」とパソコンの前に座った。

「あれ、ウンともスンとも言わんで、このパソコン。潰したんちゃうやろなぁ」と麻里子を睨むと、

「電源！　電源入れな、動きませんよ！」と突き返され、電源を入れ数分してからパソコンが立ち上がり、いつもの画面になったところで、

「ここまで、何の代わり映えも無いけどホームページはどこかいな？」と聞こえよがしに声を高めた。すると、麻里子が敷島の横に顔を揃えるようにして、

「今までの画面と違うところは、ここにホームページという項目を設けたから、これをクリックしたら……」と云いながら、敷島の持つマウスに手を上から被せて、操作を誘導し、ホームページ、更にはその機能の説明を一通り終えて、

「どうかなぁ、こんなもんで？」と同意を求めた。

「いゃー、凄ごいの作ってくれたなぁ。画面も見やすいし、事務所の紹介も歯の浮くような文句で恐れ入ります！　これで、俺もＳＮＳで世の中にデビューやなぁ。細かい操作は

忘れてもたが、また聞くわ。トラブった時にもなぁ」と敷島は喜色満面で即了承した。

「それにしても、こんなんを二、三日で作ってしまう能力は素晴らしい才能やなぁ。本真に俺の秘書にならんかいな」と麻里子を覗き込んだが、

「高ーい、お給料を頂けるんやったら、そうしますよ！」と毎度の誘いにお道化て見せながら、

「一応、簡単な操作方法等を書いたマニュアルを作ったから置いときますね」と敷島に手渡した。敷島は麻里子のパソコンに向かう仕事ぶりに、元刑事として社会の闇の奥まで知り尽くしている筈が、部署が違うとは雖（いえど）もコンピューターの基本、原理を全く心得ていない自分に今更ながら恥じざるを得なかった。


嶋田真世との待ち合わせに、麻里子を連れて地下鉄九条駅から心斎橋駅に向かった。市内の会社の退社時刻ともぶつかり車内は混んでいた。二人は並んで吊革を持ち無言のまま目的地の扉が開き同時に押し出された。少し地下街を歩いて、待ち合わせ場所の日航ホテルのカフェに着いた。

間もなくすると、敷島の携帯に「今、到着しました。服装は黒のビジネススーツに目立つようにブルーのスカーフを巻いています。そちらから、声を掛けてください」とショートメールが入った。入口のドアー方向に目を見やり、嶋田真世と思しき女性に手を振った。

この子も上品そうな端正な顔立ちをしており、山崎祥子の類は友を呼ぶと、改めて感心しながら、挨拶を交わし席に着いた。

「お忙しい所、御足労をかけ有難うございます。先日、メールで報告したとおり貴女の友達の山崎祥子さんが行方不明になっています。是非、捜査にご協力ください」と初対面の女性には最初標準語で話す敷島のルールに則り話した、特に美しい女性には。

「協力と云っても、メールでもお知らせしたように、私は祥子とはそんなに親密ではありませんでしたから、お役に立てるかは……」と少し戸惑いを見せた。

「祥子さんとの長い付き合いの中で、彼女が変わったとか、何かの異変に気付いたことはありませんか。ほら、よくあるがな、一緒に泣いたりとか、悔しがったりとか、相談受けたりとか」と敷島のギアが一段上がった。横で聞いていた麻里子が、自分の出番とばかりに、

「自分では些細な事と思っていても、相手は結構思い詰めていたりするものよね。何かほんの僅かな出来事でも話して頂いたら助かるわ」と噛み砕くように懐柔した。

嶋田真由は、数年間の祥子との付き合いの場面を思い巡らしながら、少し時間をかけ、

「うーん。大学受験の時だったと思うけど、祥子は初めて戸籍謄本を見て、自分の父、母とも自分とは血縁関係はないと初めて知って、ショックを受けたような事を言っていましたが、詳細は分かりませんし、その後その話題は一切出なかったので、上手く行っているのだろう。ましてや、他人がとやかく云う事ではないと思って遣り過ごしていました。祥子

が悩んでいる所を見せたのはそれだけだったと思います。明るく真面目だけど、繊細で芯の強い子だったから……」と話すと、敷島が、

「俺も戸籍謄本を閲覧して、父親は養父で母の連れ子だと思ってたけど、母も実母ではなかったんかいなぁ」と怪訝な顔して嶋田に聞き返した。嶋田は悪事が公に晒(さら)されたかのような表情をして、

「いえいえ。私は、事実は分かりません。確かに祥子がそう言っていたと記憶しているだけですから、私の記憶違いかもしれません。その辺は事実確認してください」と敷島を見詰めた。

　その後、嶋田真由の現状や社会人生活、世間話等を、麻里子を交えて話しに花が咲き時が経過したが、新しい情報は得られなかった。


　麻里子が日航ホテルから歩いてアベベに行くと云うので、昨夜と同じく幻想的なイルミネーションを浴びながら御堂筋を二人で歩いた。途中、麻里子に、

「嶋田の話どう思う?」と聞くと、

「態々(わざわざ)、作り話をする必要もないだろうから、本当だと思うけど、事実確認は敷島さんの仕事よね」と至極真っ当な意見が帰って来た。

　道頓堀川の袂で麻里子と別れ、ごった返すアジア系観光客に巻き込まれるのを嫌い、地

下街を通り難波駅から事務所の九条駅に向かった。敷島にしては珍しく素面でのご帰還である。

冷蔵庫から缶ビールを取り出し、干からびたチーズを口の中で解（ほぐ）しながら冷えたビールを流し込み、電源の入っていないパソコンの画面を見詰めながら、

「一応、事件の材料は出尽くしたのかな。しかし、失踪の原因は不明だ。この種の事件は、本人に語らせれば簡単なストーリーの筈だ、当たり前だが。どうやって、そこへ辿り着くかだ。やっぱり、麻里子も匂わしていたとおり母親だな！　母親が何か隠している。しかし、探偵事務所に依頼して来た母親の魂胆は何なんだ」と昨夜と同様の事を自問自答しながら、母親の山崎良子に電話を入れた。自宅の電話が十回程度呼び出しの後、

「はい。山崎でございます」と繋がった。

「探偵事務所の敷島ですが、夜分すいません。実は、調査の過程で、どうしてもお母様のお話しをお聞きしたいと思いまして、ご都合は如何でしょうか？」と申し入れると、

「明日なら、午後から空いていますから、事務所にお伺いしますよ」と、隠し事など何もないと云わんばかりの清々しい返事であった。

翌日、午後二時の約束を取り付けたが、ふと、麻里子を同席させるべきか迷った。

「これは、己の仕事だから麻里子は関係ない。同席させることで山崎良子が話し難くなる可能性もある」と、悩みながらも麻里子に電話を入れた。敷島は独立心の強い男であるし

男性には毅然とした姿勢を見せる事が多いが、女性となると何故か依頼心が強くなる。

「麻里ちゃん。今日はどうも有難う。助かったわ。それでな、明日、母親と会うことにしたんやけど、君はどうする？」

「えっ！　それは、敷島さんが判断することやないの？」と麻里子から当然の応えが返って来た。

「まあ、そうなんやけど、この事件は麻里ちゃんが中心の事件やさかい」

「何、言うてんの！　私はあくまでお手伝い。それもパソコン設定の……」といつまでも折れない麻里子に敷島は、

「よう、分かっとる。手当弾むさかい、明日二時に事務所来てや！」と言って、麻里子の都合も聞かずに電話を切った。電話を切った後、麻里子に対する己の情けない対応に腹立たしかったが、

「しょうない。この事件は彼女が居らなあかんねん。どんな手を使っても同席させる必要があんねん」と、無表情のパソコンの画面に譫言のように己の軟弱さを語ったかと思うと、

「将に、『事を慮ること深遠なれば、則ち迂に近し[9]』やなぁ」と自己を弁護することも忘れない。

翌朝早くから陽射しが窓ガラスに眩く映え、夢と格闘していた亮介を僅かながら早く救

い出した。早速、ホームページ、メールをチェックしたが、何の変化もなかった。昨夜から大した物を口にしておらず、珍しく空腹感を覚え、卵三個をフライパンでスクランブルし、萎びたチーズを放り込み卵で塗した。フライパンを応接用のテーブルに置き、先程沸かしたコーヒーと共に腹にかき込んだ。食後の一服とタバコを探すが見当たらない。ゴミ箱のキャメルボックスを拾い上げたが空だった。握り潰してゴミ箱に叩きつけながら、

「どうも、俺のペースにならん。まだ、ムショの後遺症かいなぁ」と溜息をつき、飲みかけのコーヒーカップを持ち、何処を見るでもなく窓外を眺めた。


午後一時半に麻里子が静かに入って来た。

「今日もスマンな。宜しゅう頼むわ！」と労う敷島の言葉を敢えて無視するかのように、

「ホームページの状態はどうですか？　上手く動いてる？」と返した。

「今朝、作動したら上手く開いたよ。しゃーけど、まだ、何の依頼、問合せもないわ」と麻里子ペースに乗っかり答えたが、

「そら、そんな直ぐに仕事が入ってくるようだと苦労しませんよ！　元刑事の割には世間知らずよね」と麻里子は減らず口を叩きながらも、来客に備えて室内を軽く整え始めた。

「スマン。スマン。よう気が利くなぁ」と勝ち目のない戦を逸らした。

麻里子とは何の打ち合わせもしないまま、午後二時丁度に山崎良子が現れた。
質素ではあるが高級感を漂わせるチャコールグレーのスーツに身を固め、安物のソファに腰を掛けた。

「態々（わざわざ）、御足労願い有難うございます。どうしても、お母様に確認しておかなければならない事がありまして……」と敷島は丁重に口火を切り始めたが、

「何でも聞いてくださいよ。祥子のためなら何でもお話しします」と機先を制された。

「それでは、単刀直入に伺います。伺いたいのは二点あります……」と話し始めた所に、麻里子がお茶を母親に勧めた。

「どうぞ」と、敷島は横に座った麻里子から母親に視線を移しながら、

「まず、第一点は、娘さんの祥子さんとの関係ですが、祥子さんはご両親とは血縁関係が無いと聞いていますが、如何ですか？」と問うと、

「大変失礼な物の云いようですね。娘の家出と私達親子との血縁にどのような関係があるのでしょうか？」と母親は強い反発を示し、更に敷島の

「娘さんは、それが原因で家出したんかも知れない」と云う言葉に、母親は呆れた様子で少し口元を綻（ほころ）ばせながら、

「それは原因でありません。祥子にはハッキリ伝え、お互い了解し何の蟠（わだかま）りもなく家族は過ごして参りました。確かに、仰（おっしゃ）るとおり、祥子は私の実子ではありません。私の妹の子で

す。詳細は省きますが、妹は祥子を産んで間もなく病で亡くなりました。先方も育てる手が足らず、私が実子として引き取りました。その後、今の主人に嫁いだものです。だから、実母、実父ではありませんが、祥子は二人の子供として育てて来ました」とあっさり告白した。

「分かりました。話し難い事を尋ね申し訳ありませんでした。次に……」と、敷島が話し出そうとしたところに麻里子が、

「それって。妹の子を実子として届けることが出来るんですか？　道義上の問題じゃなく、法的な問題として」と専門的な疑問を投げかけた。

「今は、その問題は論点になってないんで敢えて触れなかったんやけど、届け出としては虚偽(きょぎ)記載として違法になるやろなぁ。養子縁組で届ければ問題なかったが、戸籍に残るしなぁ。そこは色んな事情が有ったんやなぁ」と珍しく法学士ぶりを発揮した。この遣り取りに、母親は一切口を挟んでこなかった。仕切り直して敷島が、

「次に、この前お母さんが来て頂いた時には、家出の原因は不明だ。全く心当たりがない。と仰っていましたが、友達の篠崎玲奈さんからは、娘が突如尼僧になりたいと云い出し、お母さんが尼寺を斡旋したようなことを聞いたのですが、如何ですか？」と尋ねると、母親は苦渋に満ちた表情に変わり、深く息を吸い込みながら次の言葉まで暫く時間を要した。そして、徐(おもむろ)に、

「嘘も方便なのよね。あの時は、玲奈さんを安心させようと思い、そう言ってしまった。でも、祥子が尼僧になりたいと云った事は確かにありましたが、就職活動が始まるずっと以前の話でしたから。実際は、尼寺を紹介することも有りませんでしたし、無事に志望企業から内定も頂いて何の不安も心配もない状況でしたのに。突如、家出をしてしまいました」と淡々と否定した。敷島は、この母親の話は破綻している、作り話だと感じつつも、

「祥子さんが何故、尼僧になりたいと言い出したんですかね？　何か原因が有ったんとちゃいますか、何か気配を感じたりはしませんでしたか？」と畳み込んだ。張り詰めた空気の中で、容赦なく生命を刻んでいく冷たさで壁掛けの時計の針が絶え間なく動いていた。その時、妙に罰の悪そうな笑みを浮かべながら母親は、

「私が何かを隠しているとでもお思いのようですね。しかし、私には全く心当たりがないのです。ましてや、尼僧だなんて、どっからそのような発想が祥子に植え付けられたのでしょうか。少し気が触れたのかと、さえ思いましたが、あの子は原因を一切語らず、『一寸、考えてみただけよ』と言って、その話は終わりました。以上が全てです」と少し語気を荒げたものの落ち着き払って話した。全く進展のないまま終えようとした時、麻里子が、

「お母様のお気持ちを思うと、このような質問は憚られるのですが……」と、麻里子のこの様な気遣いの言葉に驚きを隠せず少しにやけている敷島を横目に、

「この前、お宅にお邪魔した時に、祥子さんの本棚から『誠死[10]』という書物を見つけまし

た。他の書物とは際立ったって異彩を放つ題名だったので記憶したのですが、お母様も気が付かれていたのではないですか?」と鋭い矢を放ったが、母親は、

「そうね。祥子には少し趣向の違う題名の書物があるとは思っていましたが、中味は知りませんが、色んな種類の本を読むのは良い事ですし自由ですしね」と膠にべもなく応えた。

すると、なおも、麻里子は少し気色張り、

「この書物は昭和十五年に出版され、今は絶版となっていますので、祥子さんの手元に在るのも不思議ですが、内容は、釈迦を想起させる人物を主人公として、現代風に生と死さらに死後の世界についての心の葛藤を小説仕立てで表現した難解な書物で、若い女性が好んで読むような書物ではないと感じました。お母様は、この内容を本当にご存じなかったのでしょうか? また、今聞かれてどう思われますか?」と尋ねると、充分な下調べ教養の高さを思わせる麻里子の才に驚きを隠せない敷島は、横の麻里子の肩を少し小突きながら、

「お母さん! 本当のことを仰ってください。私は、お母さんの味方ですから」と母親を懐柔したつもりが、

「私は、本の中身は全く知りませんし、今聞いて、祥子が何かに悩んでいたのかも知れないと感じた次第です」と敷島の懐柔は不発に終わり、母親は目元をハンカチで拭った。

この状況にもめげず麻里子は、

「以前、お母様が、父親について祥子さんが何か書き置きしていないか、との言葉が私には鮮明に焼き付いているのですが、あれの真意は何だったのでしょうか？」と敷島の失態を挽回しにかかった。しかし、母親はここでも、動じることなく、

「他意はありませんよ。祥子の失踪の原因が自分では心当たりがないとなると、父親に有るのではないかと思った迄です。ましてや、ご存知のように父親とは血の繋がりが有りませんからね」と応じた。今度は、敷島が己で挽回を図るべく、

「普段、祥子さんとお父さんとの関係はどうだったんですか？　何か気になるような点は無かったですかね？」と母親を正視しながら問うた。しかし、母親は頑として、

「何もありません。普通の家庭程度の関係ではあったと思います」と応じられ、敷島は持ち駒が全て尽きたとばかり茫然（ぼうぜん）とする中で、麻里子の顔を窺（うかが）いながら、

「今日は有難うございました。本日の話し合いを持ち帰って頂き、また何か気付かれたら連絡ください」と丁重に申し添え、面談を打ち切った。


　母親が挨拶をして事務所のドアーが閉められた後も、ドアーの軋（きし）む重い余韻が二人並んで座っている空間に、永遠に続くかと思われる程重く響いた。この息苦しい景色を変えるために、敷島は、

「麻里ちゃん。ビールでも飲むか！」と云いながら冷蔵庫を開けた。この後バイトがある

麻里子は首を横に微かに振ったが、テーブルに缶ビールが二本置かれた。プシューという音が場の緊張感を緩和する合図のように、

「お疲れ様！」と言って一口飲んだ敷島は、

「麻里ちゃん。どう思う？　母親の話」と、やっと缶ビールのプルトップに指をかけて開けようとしている麻里子に尋ねた。麻里子はプシューをした後、化粧気のない渇いた唇に缶を当てながら、

「分からない。何が何だか。調査を依頼して来た母親が何故か非協力的なように感じられて。でも、何かを隠していると云う感じでもなかったし」と、まだ漠として整理のつかない儘喋った。

「そうだなぁ。麻里ちゃんの機転で随分追い詰めたんやけどなぁ。母親は本当に娘を探したいのか、それとも調査依頼したという事実だけが欲しいのか。その辺まで疑いたくなるよなぁ。登場人物が少ないから簡単に解決できると思ったが、案外藪の中かも知れんな」と麻里子以上に纏まりのない意見を発した。それから、二人は無言のまま缶ビールを口に運んでいると、突然、取って付けたように敷島が、

「でもな、麻里ちゃん。子曰、『憤せば啓せず、悱せずんば発せず』やで」と元気づけたつもりが、

「どういう意味」と冷たい麻里子の対応に苦笑しながら、

「簡単に言うと、もう、答えはここまで上がって来てるんや」と喉を指差し「もう、一寸で口まで来そうになったら、答えを教えてあげるよってこっちゃ」と説明したが麻里子の表情は変わらなかった。バイトに行く麻里子をビルの外まで見送り、二本目の缶ビールを片手にソファにひっくり返り、母親との問答を思い起こした。それにしても、麻里子が『誡死』と謂う書物を持ち出して来たのは、亮介には驚きであり今でも信じ難く、その書物の内容が気になりながらも眠りに落ちてしまった。

着けた黒衣から肩を肌けさせられた尼僧と思しき人物が、法廷に引き立てられ、醜悪な形相をした裁判官から「最後に、言いたい事が有れば申しなさい」と宣告され、尼僧は、今にも息絶えそうなか細い声を振り絞りながら、

「人間とは何なのでしょうか？　私は今、罪人としてこの場に立っていますが、たった一つの偶然の組み合わせが違えば、私が裁く側に立っていたかもしれません。こうなったのも全て偶然の産物です。私の両親にしても、私が子であるのは偶然です。何等必然性はありません。この世に何のために生まれ、何のために死んでいくのでしょうか！　古来多くの哲人が答えを提出して来ましたが、形而上では完結したように見えても、実体としては何も把握できておらず、有史以来、いや人類誕生以来この答えは出ていないのです。何故

なら、それは偶然が生み出す必然なのです。でも、私は漸く真実を掴みかけたのですが、或る科学者から『太陽は燃えて尽きますよ。そうすると、当然に恩恵を受けている地球も無くなりますよ。もっとも、四十億年も先ですがね』と、その後色々な博学の方にお伺いするも『そんなに、気にすることじゃないよ。まだ、幾千年、幾万年以上も先の事だし、我々の寿命には影響ないしね』と嘲笑されました。しかし、私はどうしても分からないのです。地球が無くなり、人類が無くなれば、私達人類の心、これまで積み重ねて来た心はどこへ行くのでしょうか。宇宙のどこかに集まるのでしょうか。否、それとも人類には神も仏も当初から実在しなかったのでしょうか。ただ、単なる偶然の積み重ねだったのでしょうか……」と顔面を涙で濡らしながら理路整然と長文で訴える尼僧の言葉を遮り、

「何のこっちゃ。さっぱり分からん！　閉廷！」と形相の悪い裁判官は益々顔が怒りで膨れ上がり遂には破裂した。廷内にはどこからか、鬼や魑魅魍魎が入り込み悶絶せんばかりの状景が繰り広げられ逃げ惑う人々の阿鼻叫喚が、亮介をソファから転げ落ちさせ、眠りから覚ました。

「何やこれは。夢かいなぁ！　夢とちゃうやろう、俺の思考が映像として現れたんや。何か町田のオッサンの透視の世界みたいになって来たなぁ」と床からソファに這い上がりながら口の中で呟いた。デスクの上の液晶時計が眩く22時丁度を示した。デスクに向かい、引き出しからキャメルを取り出し、溜息をつきながら口に銜えたまま両肘をデスクに就っ

け、先程の魑魅魍魎の撹乱で混乱している頭を手で支えた。その時、携帯がデスクの上で鈍い音とともに小躍りした。麻里子からのショートメールだった。奇しくも『誠死』についての麻里子の説明であった。

「先程は、出しゃばった真似をしてすみません。『誠死』という書物について、気になったのでネットで検索したもので、私も中味を読めていませんが、概要が載っていたので、そのままお母さんに話したものです」

「何れにしても祥子さんは、人間の死、死後の世界を知りたがっていたような気がするの。この辺りから失踪の糸口が解けそうな気がしてシャシャリ出てしまいました」

「後は、敷島探偵の調査に期待します！」と、三通のメールに分けて届いた。

敷島は今見た夢と麻里子の話がリンクしているようで、空恐ろしく身震いしながらメールを再度読み返した。麻里子には敢えて返事も出さず、自分でもパソコンで『誠死』を検索し始めた。画面がフリーズしている間に、口に銜えられたまま唾液で折れ曲がっているキャメルに気づいたが、そのまま火をつけ水煙草のような感触で大きく一口吸い込み、鼻からクエスチョンマークの紫煙を噴出した。

暫(しばら)く、亮介はデスクに固まったまま、薄暗い雲の上を漂(ただよ)うような何とも言えない時間の中に身を置いた。燃え尽きたタバコのフィルターを口から灰皿に落とし、朧気(おぼろげ)ながら次のように夢解釈に至った。

「恐らく黒衣の尼僧は、今扱っている失踪中の山崎祥子が投影されたものだろう。そして、祥子の口から発せられたものは、祥子も本当にそう思っているかは分からないが、亮介自身の思考回路から導かれたものには違いない」と。

その後も眠れずに、朝まで悶々とする中、この行き詰った調査の打開策として、己の夢を信じ、母親が祥子に紹介しようとした尼寺に行って見ようと、不思議なくらい何の疑いもなくすんなり決断した。恐らく麻里子に話せば一笑に付されるのは明白である。

半夜、流石に空腹感が亮介の脳から漏れ出し、近くのコンビニでサンドウイッチとコーヒーを求めた。事務所までの帰り道にサンドウイッチを頬張り(ほおば)ながら、月の灯かりで重く垂れ込めた雲に覆われまだ明けきれぬ空を見上げ、この調査の何とも言えない重みを再認識していた。

事務所に戻り、コーヒーを飲みながらの一服を終え、麻里子に昨夜の礼を返信した。勿論、夢の事は触れずに、ただ尼寺に行って見るとだけ伝えた。

依頼者の山崎良子に、昨日のお礼と尼寺の住所を聞くために電話を入れた。母親は思いの外、協力的に住所と、その尼寺が遠縁にあたると云う情報も提供してくれた。

亮介は、何の躊躇(ためら)いもなく大阪駅に向かい缶ビールとピーナツを手に、午前十時過ぎ発の特急サンダーバードに乗り込んだ。発車までに気付けのビールを口にした。京都を過ぎて琵琶湖の湖西を走る車窓に、これまで度々夢に現れたような原風景がゆっくり通り過ぎ、郷愁と懐かしさにどっぷり浸り今までに経験したことのない心の安らぎに酔ったまま、武生駅に着いた。近くには福井鉄道の越前武生駅があり、乗ってみたい誘惑に駆られながらも、目的地に徒歩で急いだ。二十分程歩くと、道路から少し引っ込んだ所の高い楠木の下に探していた月照寺があった。それ程広くない敷地にある古びた木造の寺の伽藍を見渡しながら、玄関を探し呼び鈴を押した。昼過ぎの慌ただしさか、中から物音はするものの誰も現れない。木戸を引き、

「御免ください。すいません」と大声をかけると、漸く中年の女性が、

「はいはい。何の御用かいの?」と布巾(ふきん)で手を拭きながら現れた。

「私は、大阪から来た敷島という者です。人を探しておりまして、少しお話しを聞かせて貰えたら有難いのですが。そんなに時間は取らせませんので……」と伝えると、

「はい。そんなら庵主(あんじゅ)さまにお伝えしますで、こちらへ」と床の間に案内された。質素ではあるが年代物の調度品、清められた室内の隅々を物色していたところに、六十過ぎの尼僧が静かに入って来て、

「敷島さんですか。遠い所訪ねて頂いて気の毒な。朝程、山崎から連絡が入っていましたので。早いお越しでしたなぁ」と丁重な挨拶を受けたことに安堵した敷島は、右手を顔の前で横に振りながら、

「いえいえ。仕事ですから。それにしてもこの辺は良い所ですね。心が洗われるというか穏やかになるような気がしますね」と、時候の挨拶等は口にしない敷島にとっては、珍しく丁重に応じながら、

「山崎さんから連絡が入っているんだったら話がし易(やす)い。実は山崎さんの娘・祥子さんが行方不明なのですが、何か心当たりはありませんか？」といつもの亮介に戻り単刀直入に聞いた。尼僧は、びっくりしたように体を前に乗り出し、

「娘さんが失踪って。山崎からは、そんな話は一度も聞いていませんよ。確か、三年程前に、祥子さんが訪ねて来られて。と云っても初めて会ったのが三歳の頃だったからそれ以来で面影も何も分からず、恐らく名乗らなかったら気が付かない状態でしたね……」と話し続けようとしたのを遮り、敷島は、

「祥子さんが訪ねて来たんですか？　母親は知ってたんですかね？　それで、どんな話をしましたか？」と矢継ぎ早に畳み込んだ。尼僧は少し戸惑いながら、両手で敷島を落ち着かせるように、

「まぁまぁ。そう慌てずに、ゆっくりお話ししましょう。この辺りは、ゆっくり時間が流れる所ですから」と制した。敷島はテーブルに出された湯呑に口を付け香ばしいお茶を口の中で転がし、

「失礼しました。私も初耳で、意外な展開で驚いてしまいました」と云いながら、尼僧に答

えを催促するように頭を軽く下げた。敷島の絵に描いたような振る舞いに、尼僧は苦笑しながら、

「それでは、順番にお話ししましょう。娘さんは、母親に内緒で来ている。この事は話さないで欲しいとの事だったので山崎には伝えていません。でも、今、失踪したという話を聞いて、直ぐにでも連絡しなければと思っています。娘さんは、大学卒業の一人旅の思い出に一晩だけ泊まらせて欲しいとのことだったので、何日でも泊まって行ってくださいよ、と云いましたが一日だけ泊まって綺麗に身仕舞いなさって帰って行きました」と当時を思い起こしながら話した。胸の内ポケットからメモ帳を取り出しながら敷島は、

「話の腰を折って申し訳ありませんが、詳しい日時は分かりませんか？　それと、その間、祥子さんとはどんな話が出たんでしょうか？」と訊ねると、尼僧は、

「少しお待ちくださいなぁ。確か日記に何か書き留めている筈ですから」と立ち上がり部屋を出た。その立ち振る舞いは、普段からの鍛錬からか、無駄がなく能舞を思わせるものであった。暫くして、紫紺のカバーの書き物を手にして、

「ありましたよ。平成二十七年十月二十日、午前十時に来られとるがゃけど、翌朝八時には帰りんなさっとるね」とページを繰りながら話し、その重厚な紫紺の書き物を閉じた。

「ほうー。本当に丸一日の短い滞在のようですが、何か、お話しと云うか、ここに来た目的みたいなものを話しませんでしたか？」と尼僧の立ち振る舞いに酔いしれながら聞いた。

暫く、無言のまま、川の潺の音が部屋を満たす中、徐に尼僧が、

「私もまだまだ未熟ですなぁ。今思えば、娘さんとの話も何だか合点がいくような気がするちゃぁ。確か、夕食を済まして、丁度この部屋でお茶を飲みながら、昔話に花を咲かせていたのですが、今後の進路、夢を尋ねた時、娘さんが突如、『安寿さま。死後の世界って、在るのでしょうか？　さすがに極楽とか地獄は信じ難いのですけど。人間はどうなってしまうのですか？　荼毘に付されてお終いなのでしょうか？』と単刀直入に聞いてこられましたなぁ。私も、僧侶の端くれとして、真摯にお応えしたように記憶しとるがぁやけど、そのような質問をして来る娘さんの心情を読み切れなかったのが残念でならんちゃぁ」と聞いて居た敷島は、前日に見た夢との奇妙な類似に愕然とし、「俺はまだ病が癒えてないのか」と心で呟きながら、メモに書き留めた。そして、少々蒼ざめた顔で、

「安寿さまが、話された後の娘さんの様子はどうでしたか？　差し支えなければ安寿さまのお話しの内容も聞かせて貰えると有難いのですが」と問うたものの尼僧は、

「娘さんは、納得したかどうかは分かりませんが穏やかに聞いていらしたし、その後は同様の話も出ず、話題も尽きたので部屋に戻りました。私の話の内容は、初心者にする一般的な信仰の話で、特に奇をてらった話はせなんだし、まぁ、これ以上は差支えが出るかも知れんで……」と上手く逸らかされたような気がし、敷島は尚も執拗、

「娘さんは、どこかへ行くとか、行きたいと云うようなことは言うてませんでしたか？」

と訊ねると、尼僧は紫紺の書き物を繰りながら、少し時間を置いて、

「話の中で、卒業旅行として、海外旅行よりは母親の実家がある富山の魚津や、父親の地元の三重の松坂に行って見たいような漠然とした話しをしていたような気がするちゃぁ……」と尼僧の話に、これ以上の追及を断念した敷島は、丁重にお礼を伝え、月照寺を後にした。

歩きながら、先程迄の断片的な話を整理しようとしたが、纏まらないうちに駅に辿り着いた。電車到着まで一時間程あり、駅前の古びた食堂に入り、越前のざる蕎麦と熱燗を頼んだ。空き腹に熱燗は染み入り、少し硬めの蕎麦を口に含んでは、また一口流し込んだ。

「素朴やけど、この蕎麦美味いなぁ」と心の中で呟きながら、更に一箸啜った。数分もしないうちに日本酒二合を飲み干し、店を出てキャメルを銜えた。人通りの無い駅前の風景を眺めながら煙草を吹かし、まだ雪には遠いが十一月終旬の冷たい風が時折吹き寄せる中に立ち竦んでいた。まだ、電車到着まで三十分以上あり、風避けのため駅の待合室に入った、誰一人として居ないのを見届け木造りの長椅子に泥のように座り込み、

「大阪に帰って、また魚津や松阪に行くことになるんかなぁ。先が見えてこんの！」と溜息交じりに吐いた。

根っからの不眠症に加え先程の日本酒も手伝ってか、瞼が塞がりかかり眠りに落ちようとした時、女性が待合室に飛び込んで来て、

「敷島さん！」と揺り動かした。

尼僧であった。後から中年の付き添いの女性も入って来た。敷島は、夢か現かを確認するように、両手で火照った瞼、顔を押しながら、

「ビックリしましたがなぁ。何か忘れ物でもありましたか？」と、息も絶え絶えの尼僧の顔を見遣った。尼僧は間に合った安堵感から横に座り込み息を整えながら、

「敷島さんが帰ってしもうてから、矢張りお伝えしとこと思い、駆け付けて来ましたちゃ」と云いながら、左、右と体ごと向き直り人の居ないのを確認して、

「娘さんが立つ朝、どうしても気になった事があって、『本当にお会いしたいのは、実の父じゃないのかい？』と鎌をかけたところ、『父の居場所をご存知ですか？』と聞き返され、仏門に仕える身としては躊躇しましたが、未来のある女性に隠すことはないと思い教えました。娘さんは、昨夜の思い詰めた顔から生気に満ち溢れたような顔をして帰って行きなさった」と云いながら、敷島に紙片を手渡した。

「富山県黒部市三日市　杉田幸次郎　これが、祥子さんの実父ですか？」と紙片を読み上げながら、尼僧に確認した。尼僧は軽く頷きながら、

「今回の失踪とは関係ないかも知れんがやけど、私には気掛かりで……」と話しながら横に居た付き添いの女性の手を借りて立ち上がり、それ以上は語らず静かに待合室を出て行った。間もなく、場内アナウンスが列車の到着を告げ、慌てて改札口を通り抜け列車に

乗り込んだ。席に着いた時には、酔いも眠気も失せていた。

列車の中でも、これまでの話の整理を行おうとするが、同じ文字を何回も書く練習をしている時に、どうしてこのような線の組み合わせになっているのか、この線の組み合わせに必然性があるのか、と思って書き連ねていると全くバランスのとれない文字が出来上がってしまっているような過去の経験が蘇り、一つ一つのピースがどのような意味を持つのか持たないのかを考え倦ねたまま、大阪の事務所に帰って来たが、唯一つ、これまでの偶然、偶然の積み重ねが、決して娘さんの失踪の必然性には結びつかない。という、あくまで科学的捜査を標榜する敷島が欲する否定的な答えを導き出していた。

翌朝、山崎祥子の母親に電話をして、福井で分かった事の事実確認を行い、再び大阪駅から特急サンダーバードに飛び乗り富山へと向かった。余りにも己が何かに導かれているような素早い行動が、窓際のシートに包み込まれる頃には、昨夜下した否定的な結論を意図も簡単にひっくり返し、この旅が娘さんを見つける唯一の手掛かりだ。これは必然なのだ。と思い込む気持ちの昂ぶりを覚えるまでになっていた。

途中金沢駅で、いしかわ鉄道に乗換え、倶利伽羅駅で、あいの風とやま鉄道に乗換え黒部駅に向かった。確か、昔は大阪から直通で行けていたような気がしていたが、定かで無い。初めて体験する北陸路の慌ただしい乗換えで、具体的な調査方法も打ち出せないまま、たった一件の住所を頼りに黒部駅に着いた。

ポスターによくある雪国の古びた簡素な木造の駅舎をイメージしていたが、瀟洒な清潔感溢れる佇まいの駅舎であった。駅前もスッキリと整備されてはいるが、人の気配は感じられない。一台停まっているタクシーに乗り込み住所を告げると、

「そこには、もう杉田さんは居らんかも知れんちゃぁ。取り敢えずは行って見るけどー」

と行き成りのカウンターパンチ。尼僧が書いてくれたこの住所以外に全くの不案内な敷島は、「はー、そうですか。取り敢えずそこまでお願いします」と云いながら、既に、この見知らぬ土地からの逃げ出し方を考え始めていた。

電鉄黒部駅近くの寺院が点在する所で降ろされ、住所を確認して歩くと、直ぐにその住所の表札に行き当たったが名前は「中田」となっていた。躊躇もなく呼鈴を押すと、中から何の警戒心を見せることもなく若い女性がドアーを開けた。

「少し、お尋ねしたい事がありまして……」と敷島が口を開くと、

「この辺りの人じゃないようですが、何でしょか?」と訝しく問い質された。

「以前、ここには杉田幸次郎さんという方がお住まいじゃなかったですか?」と尋ねると、

「ここいらは、古くからの家が多く、近所付き合いも永く、誰でもが知っとる事がやけど、杉田幸次郎さんは一年程前に病院で亡くなったがいちゃ。それを契機に家族は長野の方に

引越しされ。その後、私達が此処を購入して住むことになったのよ」と呆気らかんと、残念な答を言い渡した。

「残された杉田さんの家族は何人でしたか？　こちらに身寄りの方は残っていませんか？」と藁にも縋る思いで聞くと、

「チョッと、待っていてくださいよ」と云って奥に入り、年配の女性と会話を交わして帰って来て、

「残された杉田さんの家族は、奥さんと子供二人だったそうなぁ。それでぇ、奥さんの実家のある長野へ帰られたそうなぁ」と喋り、一呼吸ついて、

「うちの母が云うには、身寄りかどうか分からんがゃぁけど、若い女性が一人こちらに居るそうです」と、これが全てですとばかりに話した。

「その若い女性は、今どこに？」と突っ込むと、再び奥に入り年配の女性と二、三言葉を交わしこちらに向かいながら、

「今は、確か、総合病院に入院されとるみたいがゃぁけど……」と申し訳なさそうな表情で応えた。

「入院？　重い病ですか？」と何の根拠もなく敷島が聞くと、

「母が云うには、不治の病らしいです」と想像を絶する応えに、その入院している女性こそ、探している山崎祥子であると、何の根拠もなく決め込んだ敷島は何故か戸惑いながら、

「この調査はここが終焉かも知れん。いや、例えそうでなくてもこの調査はもう終えよう。もう打ち切ろう」と調査に対する強い拒否反応を示し、更に、

『遇と不遇とは時なり[11]』と云うが、仕事とは謂え、俺は何を追い求めているんだ！」と云いながら両膝に手を押し付け強い虚しさを表した。

総合病院に巡礼者のように辿り着き、その女性の居る病室へ向かった。四階の二人部屋の窓際に若い女性がベッドで休んでいた。名札に「山崎祥子」とあった。看護師に事情を説明し担当医師との面談に漕ぎつけ、病状を訊くと、

「少し異質ではありますが所謂白血病です。余り症例のない病です。まだ、本人は健常者を装っていますが、もう二か月はもたない寿命です。延命措置も拒否されていますので、今のうちに、会わせるべき人が有れば連絡されることをお勧めします」と端的に、職業柄とはいえ冷酷に宣言され、牢龍がずには居られなかった。本人との面会の許可を貰い、病室へ行く手前の洗面所で顔を洗った。旅の疲れか腫れぼったい顔を鏡で見ながら、

「いよいよ。クライマックスだな。初対面でありながら死に行く人と人生を語るか」と顔面を両手で一度叩いた。

薄く眼を開いてベッドで休んでいる女性の横にパイプ椅子を持って立ち寄り、

「山崎祥子さんですか？」と唐突に訊ねると、軽く頭を動かしながら、

「ええっ」と応え、ゆっくり身を起こし出そうとした。背中に軽く手を当て介助しながら、

祥子の特徴である右顎の黒子を確認した。

「私は敷島と云います。大阪で探偵事務所を開いてます」と云って椅子に腰かけた。このような時が来るのを祥子は覚悟していたのか、動揺もせずに、

「それは遠くからお越しで、私に何の御用でしょうか？」とか細い声で囁いた。敷島は軽く周りを見渡してから、

「あなたのお母様、山崎良子さんから、祥子さんを探して欲しいとの依頼を受けて来ました」と話すと、少し微笑んだように見えた祥子が、

「母が、私を探す筈がないわ。それも今頃。でも、それが本当なら、母には元気で暮らしているとだけ伝えてください」と少し語気に力が宿ってきた。

「分かりましたが、それでは仕事になりませんので、少し、これまでの経緯を聞かせて貰えませんか。お疲れが出ない範囲で」と気遣いながら尋ねると、祥子は徐にベッドの淵に座り直し、窓の外を眺めた。今まで気付かなかったが、窓外一面には穏やかな青い海が広がり、陽ざしを受けて光が踊りきらきら輝き生命の息吹を感じさせた。

「今の海が一番好きです。これから冬に向かうと荒れてしまい……。私にはこの良い眺めだけが最後になるのでしょうけど」と頭を少し垂れたが、また海を眺めながら、

「大学の三年生の時、母の勧めで人間ドックを受診したのが最初でした。血液検査で少し気になる数値があるが問題ない。気になるようでしたら大学病院での精密検査を勧めま

す。と言われ、半年ぐらい経ってから眩暈や立ち眩みが激しくなり、時折、臥せってしまう状態が出てきました。就職試験も控えており、大学病院で検査をして貰いました」と当時を思い浮かべながら話しを続けた。

「大学病院での検査結果は白血病の疑いが有る。直ぐに検査入院が必要と言い渡されました……」と声を詰まらせた。それでも、敷島は、

「その事は、ご両親に報告されたんですか？　ご両親は知ってるのかな？」と急き立てると、

「医師の説明は、まだ確定できない要素が多分にあり、治療を続けても完治するかも分からないし、このまま放置しておいても進行しない可能性もある。とのことだったので、検査入院もせず、親にも告げず、今までと変わることのない学生生活を送ることに決意しました」と屈託なく応えた。少し間をおいて敷島は、

「そこが、分からんのよね。そんなに簡単に決意できるもんじゃないよね。自分の生死の問題だし。何故に親に話さないのかな？　両親と何かあったの？」と最大の疑問を投げかけた。

「両親には、何不自由なく育てて貰い、幾ら感謝しても足りないと思っています。そんな両親に心配をかけたくなかった、ガッカリさせたくなかった。期待に応えて幸せになりたいと思っていた。それに、いつかは自然に治る可能性もあるのだからと。でも、それでも、

時を見て話す積りではいました……」と言葉を詰まらせた。

「でも、話せない儘（まま）、家出してるよね」と冷笑交じりの敷島の言葉に、祥子は微かに目元を拭（ぬぐ）いながら、

「就職先も決まり、これからという時に、今まで経験したことのない体調の異変を感じ出した。そこで以前お世話になった大学病院を再度訪ね検査してもらった結果、やはり白血病が進行しており、即入院を言い渡されました。そして、おまけに三年位しか持たないと言い渡されました。このまま入院しても、三年なら、まだ自覚症状が軽い内に何をしたらいいのか、どうしたら良いのか、どのように三年を過ごすかを考えたのです」と言い終わるや否や敷島は、

「その最良の方法が、親を捨て家出することには結びつきませんが……」と何がこの若い女性に起こったのか、どの様な思考回路に至ったのかとの思いから、心優しき軽蔑の眼差しで、訝（いぶか）し気に発した。

祥子は更に遠くの海へ眼差しを移し、

「敷島さんには、ご理解頂けないかもしれませんが、死を宣告されてから、私は死の恐怖を逃れるため、私は人間の生死とは何なのか、自分とは何なのかを考えるようになりました。そして自分なりに結論を導き出しました。それは、全ては偶然の産物であり、唯一確実なものは偶然にも私を産んでくれたこと、その結果、私が在るのです。産んでくれた父母

だけが私の唯一の必然性なのです。私は、宇宙の事は余り知らないのですが、偶然にも地球に生を受けました。その地球は時速千七百キロメートルで自転しています。更に自転しながら太陽の周りを時速十万八千キロメートルで公転しています。そんな気の遠くなる速さで回転している球体上に生を受けしがみつけている事も偶然です。しかし、偶然に産まれた私の死後、いや、人間の死後はどうなるのでしょうか？　それさえ分かれば、私は死の恐怖を和らげられ、余生三年間を何とかして死と対峙できると考えるにようになりました」と何の迷いもないような澄んだ瞳を、海から敷島に向けた。敷島は、面倒臭い、苦手なタイプの女性だ、との思いを曖(おくび)にも出さず、

「揚げ足をとる気もないし、茶化す気もないけど、それで、死後の世界は分かったのかなぁ？」と結論を促した。

「私は、宗教も勉強したことがありませんが、『人生は一度きり』と思っています。死後の世界の話も、この地球で生を受けたものが地球以外の宇宙に存在し続けるとは考えられない狭い世界観を持っています。その地球も太陽が衰えたら消滅してしまう。いや、もっと早く何かのきっかけで消滅してしまう。その地球が消滅したら私達の死後の世界はどうなるのでしょうか？　同時に消滅するのでしょうか。太陽の消滅は数十億年も先だから、今は永遠に在ると考えても問題ないと言われる方が殆どですが、私はその点が納得いかないのです。この世は、地球も太陽も永遠に存続すると云う信頼関係で成り立っています。そ

の信頼関係が消滅するのであれば、死後の世界の存在は到底考えられません。その世界は単に人間の脳内の観念の問題だと思うように至りました」と何かが乗り移ったかのように饒舌に、生気溢れる有様で語った。敷島は祥子の話を聞く途中でデジャブのような思いに駆られ、以前見た尼僧の夢を思い出しながら、若い女性が何故このような虚無主義的な思いに至ったのか理解できず、予想外に真面目な話を始めようとする自分に少し照れながら、

「人類誕生から、人間とは何かを多くの知識人が問い続けて来た所謂哲学の命題だと思うけど、そんな簡単に結論付けていいものか、否、良いんだろうけど……。科学者の予測する宇宙、地球の寿命にしても、この前まで、石油の埋蔵量は二十世紀後半には枯渇すると予測したにも拘わらず、今やダブついている状況だしね。ましてや、もっとスパンの長い地球の寿命なんて信じられないと、俺は思うけどね。理論上は消滅するのかも知れないが、永遠に在り続けるんじゃないかなぁ。まあ、何れにしても、そのような思いに至ったことが、どうして家出に繋がるのかなぁ？」と祥子に迫ると、

「その時、私は、この世に偶然に生まれた一つの生命体として何の未練もなく完結することが、今残されている最大の課題だと思ったのです。もう、死への恐怖は薄れ、後は私をこの世に偶然に授けて貰った本当の父母に会って感謝の意を伝え、また、私が子孫を残すことが出来ない、血を絶やしてしまうことのお詫びをしたかった」と臆することなく、眼に

海の青さを映えさせながら話した。全く納得のいかない敷島は、

「祥子さん。今更説教する積りもないし、する資格も無いんだけど、それは違うんとちゃうかなぁ。家出の理由は分かったけど、残された君を育ててくれた両親や関係者に対する情が無さ過ぎるのと違うか。少なくとも両親に全てを話してから、行動に移るべきやったんと違うか」と少し昂(たかぶ)りながら、海を見詰めている祥子の肩に諭(さと)すように手を置いた。

「両親に話してしまえば、即入院だし、そのまま亡くなった時の両親の悲しみは量りようもありません。私なりに、充分感謝の意を込めて生活していましたので、そのまま去る。遠くでいつまでも元気に暮らしていると思われた方が両親には幸せだと思います。どうせ、旅立ちの歳で家も離れることになっていたし」と敷島に向き直りながら話した。敷島は祥子の狷介不羈(けんかいふき)で凛(りん)とした様子に、もうこれ以上話しても埒(らち)が明かないと判断し、

「君は、今、この状況で幸せなんかなぁ？　依頼者の大阪のお母さんには、どう伝えたら良いか正直困っている」と本音を漏らすと、祥子は、

「最初にお話ししたように、母には場所も知らせず元気に生活している。とだけお伝えください。それで納得する母ですから。私は今の状況に悔いはありませんし、迷いもありませんので、出来るだけ迷いを生じさせるような事は避けたいところです。呉々も母に、無事とだけ伝えることをお願いします。後生ですから」と噛んで含めるように敷島の瞳を見て話した。敷島は『好死(こうし)は悪活(あくかつ)に如(し)かず[12]』と祥子に捨て台詞(ぜりふ)を吐いて、颯爽(さっそう)と出口に向か

おうかと思ったが、大人気なく感じ逡巡した。そして、どの様な言葉を掛けるべきか考え倦ねた結果、「お元気で！」と、何とも言えない寂しい、虚しい響きの残る言葉を発して病室を後にした。

祥子が最後に言い渡した、「後生ですから」は仏教用語で輪廻を踏まえているのだが、意識して発したのか、分からず発したのか、と敷島は全てに懐疑的になり、これで解決した筈の事件が更に闇深く入り込んでしまった感を持ちながら、タクシーで黒部駅に向かった。夕刻とは雖も、この地方の晩秋の落陽は速く、先程迄の陽光に輝いていた海の風景も一変し、敷島の暗い気持ちを増幅させるに充分であった。

缶ビールを片手に、心地よく揺れる列車に身を任すも、己の中の虚しさが癒えず、益々増殖していった。もっと血のかよった人間の絆、温もりが恋しくなり、金沢駅での時間待ちに、久し振りに紗耶香に電話を入れて夕食を懇願した。

仕事帰りの解放感と疲れた表情が入り混じりながら活気に溢れかえる大阪駅に着き、紗耶香の元に着いたのが午後八時を回っていた。早朝から一日中駆け回った永い一日であったが、紗耶香の顔を見た途端に安堵感からか空腹を思い出した。温かい手作りの食事に箸を進める事にさえ人の温もりを感じていた。ましてや、久し振りの紗耶香の温もりは得も言われぬものであった。紗耶香の「泊っていたら」との言葉の誘惑に挫(くじ)けそうになったが、脳の大半を占めている事件の処理が気になり、午後十一時頃に事務所に向かった。路上でキャメルを吹かすのは忘れなかった。

　たった一日事務所を空けただけなのに、事務所内の空気感が違って感じられた。もっともカビ臭さは変わらなかったが。お湯を沸かしながらパソコンの電源を入れる。買い置きのコロンビア豆をフイルターに入れ、お湯をゆっくり注ぎながら、ようやく立ち上がったパソコン画面を見ながらキーボードを人差し指で叩き、ホームページを開いた。注ぎ終わったコーヒーを口に運びながら、椅子に腰かけ画面を見入った。一件の調査依頼が届いていた。平成三十年十二月一日、午後三時に、E一三五・一〇・五九　N三四・四一・二九にて待つ　藤本耕三　とあった。

「何だ、こりゃ！」と思いながら名前を検索すると　藤本耕三(ふじもとこうぞう)　兵庫県議会議員　五十四歳　と出て来た。

「それにしても、待ち合わせ場所が分からんな。明日、麻里子に相談してみるか、まだ先の話だし」と呟きながら、パソコンの画面を追い続けるも、疲れからか眼がしょぼくれ出し、ネクタイを緩めながら衣服も換えずにソファに仰向けに、両手の掌(てのひら)を頭の下に組み合わせてひっくりかえった。暫く天井を見詰め瞼が閉じかかったが、輝かしい海の残像の中に祥子の微笑んでいる姿が瞼に映り、ハッと覚醒した。

「この調査は、まだ終わっとらんのよねぇ。母親に、どう報告するかだなぁ」と天井に呟きながら、祥子の家出理由を復唱し始めたが、やはり納得できない。どうして、まだ二十代そこそこの女性が人間の本質を、いとも簡単に結論づけ、あのように冷静に死に対峙することが出来るのか。敷島は立場を己に置き換えて考えてみるも、現実性に乏しく切迫感が無く、堂々巡りでとても祥子の唱える結論に到達できない。それが、尋常の人間には当たり前なんだ、当事者の追い詰められた心境は推し量れない。という答えしか導き出せない儘、眠りに落ちた。


翌朝、皺だらけになったスーツのまま起き出し、気付けのコーヒーを飲みながらバゲットの欠片を口にした。冴えない脳に、更にニコチンを塗しながら、麻里子に電話を入れ、昨夜の依頼内容を話すと、

「それは位置情報よ。調べて折り返すわ」と冷たい返事が懐かしく感じた。

染みだらけのワイシャツを取り替え、よれよれのネクタイを結び直し、一着しかないスーツを着替え、最後に洗顔したが無精ひげが醜く、電動シェーバーで整えた。徐に机に向かい山崎良子に電話を入れた。待っていたかのように直ぐに応対した。

「お早うございます。敷島です。祥子さんの調査が終わりましたのでお知らせします。後日、報告書を上げさせて頂きますが、取り敢えず電話でご報告を」とビジネス口調で、これ

までの経緯を全て話した。勿論、祥子から現状、居場所を口止めされていることも。そして、最後に「祥子さんは余命幾何(いくばく)もなく、早めにお会いした方が良いと思います」と老婆心ながら付け加えた。受話器の前で動揺を隠せず立ち尽くしている母親から、暫く間を置いて、娘の病状と居場所の再確認を受け、

「連絡有難うございました……」と淋しく電話が切られた。

　程なくして麻里子から、

「先程の位置情報は兵庫県庁所在地ね。何か問題でも起こしたの？」と揶揄(からか)われ、

「そんな分けないでしょうが、こちらはやっと出所できたばかりの真面目なオヤジですから。今度問題起こしたら永久に檻(おり)の中ですからね……。有難う、助かったよ。この礼は後日させて貰いまっさ！」と軽口交じりの遣り取りを終えた。

「県会議員が県庁で会いたいとは、一体どういう事や？　俺はまた知らず知らずのうちに何か問題を起こしたんかなぁ」と呟きながら身支度をした。

　調査で山崎祥子と話している間に、無性に墓参りに行きたくなり、日帰りで墓参りに向かった。大阪からＪＲで加古川駅に向かい、加古川線に乗り換えるためホームを移動した。暫くすると二両連結の電車が到着した。平日の昼前のローカル線には乗降客も少なく車両に数人の気配を感じるのみであった。通路を挟んだ対面型の座席の端に窓外の景気を楽し

むために、斜めに座り脚を組み、まだ懐かしい田園景色が残る田畑、家屋を陽光に目を細めながら楽しんでいると、この景気は確かに何度も夢の中に現れる状景であり、ここが原点だったんだと、夢の解明が一歩進むも、なお不思議な心持ちで眺めていた。

　三度目のガタンという揺れとともに停車駅から、学生服を着た坊主頭の中学生くらいの若者が入って来て、臆することなく敷島の前の座席に無造作に座った。敷島は、若者を一別し、景色を楽しむために窓外に視線を送った。電車が軋みのある揺れとともに動き出した。暫くすると、その若者の上半身が横に六十度ぐらい傾き静止した。「窮屈な格好で眠るもんだ」と思いながら引き続き窓外に目を移したが、暫くすると、その若者の体は座席に着く寸前のところまで傾き静止した。敷島は、可笑しくなるも笑う訳にも行かず、慌ててサングラスをかけ眼の笑いを隠した。次の駅の停車の振動で若者の体は完全に座席に横倒しとなった。そして、発車の揺れで、遂に通路に落ちた。流石に敷島は助け起こそうと腰を上げかけた瞬間に、若者は座席に座り直し正面を向いたが眼は閉じたままだ。そして、電車が動き出すと間もなく、また上半身が傾きかけ六十度ぐらいの所で静止した。敷島は「俺は一体何を見せられているんだ。この子は病気かなぁ」と思いつつも体を捻って窓外に目を移すのがせめてもの抵抗であった。しかし、今度は六十度のまま静止している若者が、次の停車でどうなるのか、と内心期待を抱いている自分が居るのも確かだ。やがて、次の駅に停車すると、案の定、若者は座席に横倒しとなり、続いて通路にも落ちたが、直ぐに座席に座り直したかと思うと立ち上がり降車し、ホームを小走りで駆け抜けた。この一連のパントマイムのような動きに敷島は、心の中でスタンディングオベーションを発車間際まで続けた。

「こんな出来事、誰に話しても信用せんだろうなぁ。それにしても、あの子は何者なんだ?」と狐(きつね)に摘(つ)まれた様な不思議な面持ちのまま、目的地の駅で下車した。父の納骨に立ち会った時以来十年振りである。タクシーも常駐しておらず、駅から歩くことにした。少し歩くと、小路の両サイドに田畑が広がり、どこまでも緑の野であった。晩秋の陽射しに少し汗ばみ、上着を脱ぎ肩に引っ掛けて歩いた。数十メートル先に見覚えのある霊園の案内看板が立っている。墓参りに出たが、手ぶらで来ており、途中で花等買い求めねる積りだったが、此処まで売店もない。看板に沿って墓所に入るが、墓の位置も覚えていない。少し先に、作業衣で屈(かが)みながら草刈りをしている年配の男性が目に入り、近寄って、

「あのー。すいません。敷島家の墓はどの辺りでしょうか。ご存知であれば教えて頂きたいのですが。確か、丘陵の中腹辺りだったんですが」とぼんやり記憶のある方向を指差した。男性は、腰を押さえ立ち上がりながら、

「ハハァ。久し振りに墓参りで、忘れたんかいな。敷島さんの墓なら、あそこだよ。この辺じゃ、珍しい名前で一つしかないから、間違いないと思うが」と敷島の指差した方向で間違いなかったようだ。

「それから、この辺で花や蝋燭（ろうそく）線香等売ってる所はありませんか」と含羞（はにか）みながら聞くと、男性は笑いながら、

「どこから、来たんや？　此処には売店が無い、家から持って来なあかよ。ワシの軽トラに少しならあると思うから、見て来てやるわ」と云って、腰を押さえながら歩いて行った。

少しすると男性が、

「こんなけしかないけど、しっかり参ってあげてよ」と小菊の花二束と蝋燭一本、線香数本を手渡してくれた。

「幾らですかね？」と聞くも、

「いらん、いらん。余り物やから、かまへんよ。此処まで、歩いて来たんかいなぁ。良かったら、帰りは駅まで送るから、声かけてよ。ワシも、仕事はもう終わりゃから」と何から何まで世話になることになった。

　人が参った気配もなく荒れ呆（ほう）けた墓に覆い茂るように生えた雑草を毟（むし）り、ゴミを集め、近くにある水飲場の金網製のゴミ箱に捨て、ポケットから出したハンカチに蛇口から水を吸わせて、墓に向かいながら水を絞り墓石を拭き始めたが、ハンカチは直ぐに真っ黒になり、何度か水飲場を往復した。両サイドの墓とも遜色（そんしょく）ない程度に整備し終え、男性から貰った花を供え先祖の墓に対峙した。ポケットから煙草を一本だし火をつけて手向けた。何を念じる、報告するでもなく、ただ、深か深かと頭を数分間垂れながら手を合わせた。先祖

に、生を受け、生かして貰っている事の感謝を口の中で呟いた。そして、何の信仰心も持ち合わせないが「南無阿弥陀仏」と三回唱え汗だらけの顔を上げた。暫く墓石を見詰め、軽く一礼して去ろうと歩き始めるが、二度、三度と振り返らずにはいられなかった。

墓所の通路に出ると、軽トラが停まっており、男性が窓から顔を出して、

「乗ってよ。少し汚れとるけど、ええやろぅ?」と云って助手席を指した。軽トラだと、数分で駅に着いた。その間、男性とは話をすることも無く、降り際に、

「大変お世話になりました。有難うございました」と云うのが精一杯であった。中から男性が、

「たまには、墓参らなあかんで」と笑いながら走り去った。

古びた無人駅に着いたものの、電車到着までは三十分程度あった。駅のホームの長椅子に腰を掛けると、無性に深呼吸がしたくなり両手を上げてニコチンで靄った肺に微かに緑の薫る新鮮な空気を充たすと、突然、喉の渇きと空腹が襲って来た。改札口近くにある自動販売機と睨めっこしながら、温かいコーンスープ缶を選んだ。思ったよりも熱く、ゆっくり缶を口に運びながら、『飢えたる者は食を為し易く、渇せる者は飲を為し易し[13]』と発し、暫く悦に浸るも、今朝方決着した筈の山崎祥子の事に思いを馳せずにはいられなかった。

「俺が、調査報告した後、母親はどうしたんかな。俺は、全てを話してしもうたが、やはり

配慮を欠いたかも知れん。娘さんは言わないでくれと懇願したんだものなぁ。死に行く若い娘に鞭を打ったかもなぁ。もう少し、上手い方法がなかったかなぁ。俺の報告で、あの家族は崩壊してしまうんじゃないか。しかし、俺は調査を母親から依頼されており、その調査報告には私情を挟むべきではないんや」と自己弁護した。既に己の中で解決済みの事を、一抹の後ろめたさからか、違う答えを見つけようと、堂々巡りを繰り返すのだった。飲み干した缶を捨てるついでにブラックコーヒー缶を取り出した。プルトップを引き、口中に残るコーンの甘味を洗い流すように、口に含みながら、

「あの若い娘さんが話した人生観、いや人間とは何か。飛躍はしているが、あのよう刹那的な思考はニヒリズムさえ超越しており、人間は一度きりの人生をもっと大事に生きようと努力をするのではないか。いや、逆に信仰のない世界はもっと殺伐としたものになり、この一回しかない人生を、何をしても己だけが幸せに楽しく過ごしたい、みたいなエゴイステックな世界が……。まぁ、一途にそう思い込んで死に至る祥子さんは、その思い込みが信仰なんかも知れんな。よう分からんな……」と、相変わらず取り留めのないロジックを繰り返しているうちに、警笛を鳴らしながら電車が入って来た。コーヒー缶を握りしめたまま、疎らな車内に入って行った。あの丸坊主の中学生が、どこかから乗り込んで来ないかと微かに期待していたが儚くも断たれ、加古川駅で缶ビールとピーナツを手に入れ、まだ、通学、通勤客には程遠い時間帯の車内で、何か良い事をして来たような快い高揚感

に、更に軽い酔いが手伝い、小躍りするような気持のまま播州小旅行を終え、大阪駅に到着した。

午後四時半には事務所に辿り着き、冷蔵庫から缶ビールを取り出し、カビの生えかけたチーズを湿ったクラッカーに乗せ口に運んだ。汚れた指先で、パソコンのキーを叩き立ち上げた。事務所のホームページを見ると、十二月一日に兵庫県庁で会う約束になっている藤本耕三から、返事の催促が来ていた。折り返し、「了解しました」と返事を出した。

「二日後やな。仕事が、こないコンスタントに入ってきたらええのになぁ。幸先良しか！それにしても、県会議員が何の用やろう。県庁にまで呼びつけて……」と漠然とした不安を抱くも、どうしても小旅行の心地よい興奮が止まず、ミナミのアベべに向かった。

珍しくジントニックを注文し、少しずつ口に運びながら目を瞑り、マル・ウォルドロンのレフトアローンの物悲しいピアノの響きに、先程迄の高揚感とは真逆の孤独感の漂う音色に心を震わせた。麻里子には話したい事が沢山有ったし、此処に来た目的の一つでもあったが、オーダーの時に瞳で礼を交わしたのみであった。小一時間程して店を出る際に、「また、今度」と云って目配せをするのが精一杯であった。

窓枠の微かな振動が、悪夢に苛まれている亮介の瞼を震わせ眼を見開かせ、夢の続きのような悍(おぞ)ましい汚れた天井を、茫然と見詰めた。

この時候には珍しく、暖かく爽(さわ)やかな空気を充満させ十二月一日が始まったが、亮介には相変わらずの不快な朝であった。

真黒に焼き過ぎたトーストを齧(かじ)りながら定番のコロンビアコーヒーをゆっくり飲み干し、朝食を終えた。キャメルを口に銜えながら、昨夜纏(まと)めた報告書に目を通し、数カ所に修正を加えて報告書を綴じ、請求書を同封して午前中に山崎良子宛てに投函した。

クリーニングから返って来た濃紺のスーツに同系色のネクタイを締め、鏡を覗き込んだ。

「まぁ、こんなもんでええか！」と呟きながら神戸に向かった。待ち合わせ時間まではタップリあり、三ノ宮で降りて歩くことにした。ＪＲガード下を通るか、商店街を闊歩(かっぽ)するか悩んだが、久し振りにセンター街をお上りさん宜しく、所々に目を泳がせながら元町に着いた。元町駅の手前の鯉川筋を山手方向に上がり、やがて左に曲がると緑に囲まれた前方に、庁舎棟が見え始めた。

「おいおい。麻里子から兵庫県庁とは聞いたけど、大き過ぎて分からんがなぁ。まぁ、取り敢えず本庁ロビーの受付で尋ねてみるか」と周りをキョロキョロ見渡し、如何にも不審者然として受付に歩を進めた。警備員が動き出そうとする前に、

「藤本耕三さんに三時に会う約束をしているのですが……、私は敷島と云います」と口を

開くと、警備員は何もなかったかのように元の位置に戻って行ったのが見えた。「下手くそ！　もっとスマートに振る舞え」と受付嬢を正視しながら、悟られないように口の中に吐いた。どこかに連絡を取っていたのか受話器を置きながら、

「藤本議員は只今、定例会議中でして、議場のロビーの方で暫くお待ちください」と議場方面を手で示した。

「大阪府警本部もしかり、やはりこういう建物と云うのは、威厳のある造りが必要なんかも知れんな。人を威圧するような……」と、そんな威圧には動じたことのない敷島が、如何にも感慨深げに示された廊下を進み、議場ロビーに入った。議場受付に、「傍聴って可能ですか」と何を思ったのか尋ねると、書類に目をやりながら、

「只今、定例本会議が行われており、傍聴されますか？」と聞かれ「はい。お願いします」と云うと、傍聴者名簿に記載を求められ「係が案内致しますが、場内ではご静粛にお願いします」と淡々と業務をこなす若い女性に、「うちの事務所にもこんなのが欲しいなぁ」と取りとめもない事を思い遣っているうちに、後ろに若い男性が現れ議場に案内された。議場の重厚なドアーを開け中に進むと、そこは厳かな、まるでコンサート会場小ホールのような、飾り気はないが寸分の悪事も寄せ付けないと思わせる威厳に満ちていた。

数名の傍聴者が居るものの空席が目立つ状況である。議場の遣り取りには関心が無く、雰囲気だけを体験しときたいと思い、席に座って周囲をキョロキョロ眺めていたのも束

の間、

「本会議はこれにて閉会します」とのアナウンスが聞こえ、慌てて席を立ちロビーに向かった。

ロビーのソファに座って待つと、暫くして多くの人がロビーに吐き出されて来た。その中から背の高い浅黒い男性が、まるで敷島を求めるかのように近寄って来て、

「敷島さんですか。藤本です」と云って名刺を差し出した。慌てて立ち上がり名刺を受け取った。

「外に出ましょうか」と云って、この男性は颯爽（さっそう）と前を歩きながら、すれ違う人に軽く会釈したり、手を振ったりしてロビーを通り抜けエントランスの階段を小気味よく駆け下りた。敷島は自分より数歳年上の品の有るスマートさに圧倒されながら、後を付いていくだけだった。

庁舎の敷地を出て、なおも無言のまま、時折、敷島が付いて来ているかを確認するため顔だけ振り返りながら二階建ての洋館のレストランに入った。一階の隅の方のテーブルに向かい合って座り、

「コーヒーで良いですか？」と聞くなり、片手を挙げてウエイトレスを呼んだ。全ての動作に卒がなく洗練されているが、敷島が最も嫌うタイプでもある。

「敷島さん。漸（よう）く（や）お会い出来ましたね」と藤本の挨拶に、敷島は怪訝な表情で、

「私をご存知なんですか？　仕事の依頼ですよね」と間の抜けた返しをした。

「ええ、勿論。仕事の依頼ですが、依頼に当たっては少々敷島さんの事を調べさせて頂きましたし、お顔も写真で拝見させて頂いています」と冷静に話す口調に、敷島は何か遠い記憶を呼び起こされようとしている得体の知れない戦慄を覚えた。それでも、自分のペースに持ち込むために、

「俺の事を調べるのは構いませんが、仕事の内容は何ですかね」と聞くと、

「それじゃ、本題に入りますか。私は藤本耕三、県会議員です。前職は警察庁職員です」と説明する言葉を遮り、敷島は、

「もう、刑期も無事終えたし、他に何か俺問題でも起こしたんかな？　警察は、そのような人物の更生も温かく見守るのも仕事の一つやろぅ。アンタにガタガタ言われる筋合いはないで」と語気を荒げ防御に走ると、静かに談笑していた周りの客がこちらに冷たい視線を送ってきた。

「まぁまぁ。まだ、何も話していませんがなぁ。冷静に聞いてくださいよ」と藤本は手で落ち着くように宥(なだ)めながら、

「仕事の依頼は、新谷(しんたに)未来(みらい)君誘拐殺人事件の真犯人を探して欲しい。敷島さんが犯人として決着した事件ですが、貴方にも自分が犯人だと云う確証もない事件です。此処に調査費として三百万円用意しました。期限は半年、平成三十一年の五月末までです。それまでに

報告書を上げてください。真犯人の特定の有無に関わらず三百万円はお受け取りくださって結構です」と重みのあるマチ付きの封筒を差し出し、驚くべき依頼内容を話した。敷島は言葉を失い長い沈黙の末、

「アンタ。何を言うてるのか、分かってんのん？　警察の出やったら、分かるやろぅ。判決の確定した事件の再調査なんか出けへんのや」と腹の底から絞り出すように話したが、

「警察じゃ出来ないから、探偵さんに依頼しているのじゃないですか、敷島さん」と皮肉ぽく応えた。この態度にも腹立たしく、

「何で、アンタが？　アンタのバックには何者が居るんや」と疑心暗鬼から発したが、

「いいえ。私が個人的に依頼しているものと思ってください。これ以上は話せません。もし、お受けにならないのなら、他の探偵事務所に持って行きますが」と相変わらずのシニカルな口調に、

「やかましいわい！　金が欲しゅうて受けるんちゃうで、真実を暴くためや」と思いもせん事を勢いで口にしてしまった。昔、透視の町田のオヤジが敷島に云い放った科白と同じや、と思い出し少し恥じ入った。

「敷島さん。これだけは、ご理解しておいてください。今回依頼した事件は、敷島さんが特命を受けて担当したにも拘らず、担当刑事が逮捕され有罪となった非常に不名誉な事件であると警察トップは捉えています。しかし、ご本人も自供されていないし、無実だと思っ

ておられる。是非、貴方の手でもう一度、名誉挽回のために取り組んで欲しい。と云う強い意志が働いていることをお忘れなく」と藤本は優しく噛んで含めるように諭（さと）すも、最後まで冷徹さは崩さなかった。

「相変わらず、何を言うてるんか分からんけど、要は、警察が俺の有罪は間違いやった。そやから、その償いとして三百万円で再調査せぇー、と云う事やろ」と一気呵成に捲し立てたが、藤本は手を左右に振りながら、

「違いまいす。警察は間違いませんし、貴方の有罪判決が誤りだったとは、これぽっちも思っていませんので誤解の無いように。これはあくまでも私一個人として、貴方の心情を慮（おもんばか）って申したまでですし、依頼も私からだと思ってください」と奥歯に物の挟まった言い方を変えなかった。

「もう、ええよ！　依頼は引き受けるが、来年五月迄は何の報告もせんからな」と、ぷいと席を立ち去ろうとする敷島に、

「結構ですが、困ったらいつでも相談ください。きっと、お力になれると思います。それと、領収書を名刺の住所に送っておいてください。期待してますよ」と慇懃無礼（いんぎんぶれい）さは最後まで変わらず、議員である以外は正体を現わさなかった。

　余りの衝撃で興奮が冷めきれず、冷静になるために何処かで落ち着きたかった。大金も

あるし、三ノ宮辺りでとも考えたが新開地の方向へ歩を進めた。十五分程度歩き一軒の店の暖簾を潜った。数人も入れば満杯になるような狭いカウンターに腰を落ち着けた。時間的なものもあるが客は誰もいない。如何にも愛想の悪そうな中年の女性が、

「飲み物は何にする?」とぶっきら棒に注文を取った。

「ビール。瓶で」と敷島もいつもらしからぬ対応で打ち解ける気配も見せず、更に、

「そこのおでん、見繕ってよ」と会話したのが最後、お互い明後日の方向を向いたきり、敷島はビールを注いだグラスを黙々と口に運びながら、藤本からの調査依頼を反芻していたが、何故か山崎祥子と自分をダブらせて考えようとしていた。

　若くて将来のある山崎祥子が、それまでは自分の死について全く考えたこともなかっただろうし、考えたことが有っても抽象的な範疇を超えるものではなかったのが、余命宣告を受け、死が確実に迫って来た時の心境、臨終の時の恐怖を想像しながら、今の敷島の状況に重ね合わせ、己の差し迫った窮状を脱したい、擁護したいと思ったのかも知れない。

「これまでは漠然と己の潔白を信じ、敢えて触れずに過ごし何の行動も起こして来なかった。しかし、今回、藤本の出現で、一気に現実味を帯び期限内の解決(己の潔白の証明)を迫られている。俺も山崎祥子のように、もう一途に己を信じて、目的(死)に邁進するしかない。しかし、待てよ。山崎祥子は希望のない目的だ(本人は運命と達観している)が、俺は希望のある目的だ。逆に、死んどった奴が復活する可能性さえある。いや、こんだけ違っ

たら重ね合わせるのが無理だわな。それにしても、山崎祥子はどうして居るんかなぁ」と取り止めのない、どこか思考回路に支障を来しているような、考えを巡らしていたが、所詮、不甲斐ない己を鼓舞するために、山崎祥子の境遇を引き合いに出したに過ぎない。

　ビールを飲み終えると、封筒を大事に小脇に抱え店を出た。新開地駅から私鉄で、雑踏に呑み込まれながらも、封筒を大事に抱え込み梅田駅に到着した。

「今夜は、眠れん夜になりそうや」と事務所近くのコンビニで、安物のスコッチウィスキーと大量の酒の摘まみを購入した。

　ポケットを探りながら鍵の指にひやりとした感触が、眠れぬ夜の序曲のように亮介を覚醒させた。暗い事務所の蛍光灯が鈍い音を立てながら間を置いてぼんやりと点いた。大事な封筒と、コンビニのビニール袋を机に放り出し、ネクタイを外しながら一張羅の上着をハンガーにかけ机に向かった。大事な封筒は思案の挙げ句、ソファの下に押し込み、ウイスキーの栓を開けグラスに注いだ。グラスを右手で持ち、眼の前に高く掲げ、

「お疲れ！　サアー、復讐を始めるぞ！」と云って一気に飲み干した。ツーンと鼻に残るスモーキーな薫りと喉に纏わりつく苦みを感じながら、更にグラスにウイスキーを注いだ。この時、敷島が発した「復讐」は、単なる契機づけであり、敷島自身、刑期中も今現在も、「己は潔白かもしれん。誰かに陥れられたかもしれん。何れにしても客観的な証拠で裁かれ、納得したい」と云う思いはあったものの、確たる自覚も証拠もないままであり、復讐

に燃えることは無かった。この状態のまま真相、いや真犯人を捜し求めるのは、動機付けが薄いと感じている。事件に立ち向かえる、何かもっと強烈なインセンティブを求めているのが事実であった。

まずは、事件を振り返ることで、己のモチベーション高めることを試みた。

「真犯人と云うても、舞洲のヘリポート駐車場で起こったことが全てやろう。透視の町田のオヤジと町工場の社長の名和が、お互いが犯人やと、罵り合い格闘になり、俺が割り込んで収めた積りが、俺が北村に撃たれた。それで、俺が逮捕や。最も、俺が町田を撃ってしもたから、場が荒れ極度の緊張状態の中での出来事やから、誰が犯人かは分からん」と当時の状況を思い起こし、

「結局は、疑わしきは、この俺を入れて、町田、名和か。それと、木村を実父に持つ北村にも動機はあるなぁ。そして、一番怪しいのが、今回俺に再調査を依頼してきた藤本及びその関係者やなぁ。こいつらは、当時捜査線上にも挙がってこなかったが、俺に何か弱みを握られていると思い込んでいる。それで、今回俺を泳がして様子を見る積りやろぅ。そやないと、判決が確定した事件の再調査なんか依頼してくる筈が無い」とメモ帳に名前を書き連ねた。

「まずは、奴らの新田未来君誘拐時のアリバイ固めからやなぁ。しゃーけど、もう十年以上前の事件やからな。風化しとるなぁ。そやけど、犯人は絶対覚えとる筈や、忘れられんや

ろぅ」と具体的な取り組み方法を練り始めた。

「舞洲へリポートでの出来事を知っている、更にその後の事についても詳しい人物に当たってみるか」と云いながら、ピーナツを数粒口に放り込み、グラスから蕩(とろ)ける液体で洗い流した。

酔いに任せて横になるも、疑わしき者の顔が走馬灯のように、容赦なくグルグルと絶え間なく亮介の脳裏を廻り、眠れぬ夜と戦った。


十二月初旬にしては暖かい朝であるが、明けきるにはまだ星が多すぎる。

眠れぬまま起き出し、キャメルを吹かしながら、脳裏に何度も現れた人物の中に、己がいない、中田恭子とそれに顔が分からない人物が写り込んでいる事に謎めいた引っ掛かりを覚えながら、己の病が完全に回復していないせいかも知れないという底知れぬ不安に駆られた。不安が猖獗(しょうけつ)を極める前に、新しい仕事に取り掛かるため、己を鼓舞するようにパソコンに向かい、兵庫県庁で藤本に会えた事、新しい仕事が始まった事のお礼も添えて麻里子にメールを入れた。

暫くして、麻里子から労(ねぎら)いと今後とも支援する旨のビジネス調の返事がきた。

曽根崎署の北村係長に直接電話をしてアポを取った。梅田界隈では顔が障(さ)すとのことで、天六（てんろく）の料理屋に午後七時と指定された。指定時間どおり暖簾（のれん）を潜（くぐ）ると、拘（こだわ）りの少ない北村にしては小洒落（こじゃれ）た店内から、「いらっしゃいませ」と女将の声がした。既に北村は、店のウリである無垢の一枚板のカウンターには座らず、奥の座敷に着いていた。

「よぉ！　北さん。いゃ、すまん、すまん。係長殿！　遅なってしもうて」と精一杯の昔らしさを演出したが、北村は手で制止しながら、

「止めてくださいよ！　北村でお願いします」と相変わらずの真面目臭さで座る場所に招いた。

「ビールで良かったですか？」と聞きながら女将を呼び寄せ注文を通した。運ばれて来たビール瓶を両手で持ちながら、敷島のコップに注いだ。

「出所祝いやな」と大きな声を出す敷島に苦笑いしながらカウンターの方を気にして、

「皆が勘違いしますから」と云いながらも、

「おめでとうございます。早く出られてよかったです」と労った。暫く、刑務所暮らしの辛さ、居心地等を敷島ばりのユーモアを交え面白可笑しく話が盛り上がり和気藹々（あいあい）の中、敷島が御手洗いから帰って席に着くなり、

「北さん。頼みが有るんやけど」と周りに気遣いながら、

「俺が逮捕された事件を、俺なりに調べたいんや。俺には、未だに新谷未来君を誘拐して殺害したと云う自覚が全くないんや。俺が確かに犯人やと分かる証拠を掴んで、俺なりに

納得したいんや。力を貸してくれへんか」と北村の目を見入った。

「あの事件は判決が確定され、もう敷島さんも刑期を終えられたし、忘れられた方が良いんじゃないですか。気持ちは分からんでもありませんが再審となると……」と北村は当たり障りのない発言で収めようとしたが、

「北さんは、犯人は俺やと思ってるんか。一番間近かにいた刑事として、どうや？」と酔いも手伝ってか触れてはならない領域に入った。

「いや。確定した事件を、一警察官として意見を申すのはご法度ですし、出来ません」と優等生らしく振舞ったが、

「そんなん聞くためにお前を呼んだんちゃう！　独りの人間としてや、友としてや……。お前は、犯人は誰やと思てんねん？」と迫ると、北村は立ち上がり座敷の襖を素早く閉め終えると、

「私は、町田さんと捜査協力している内に、町田の言動から不信感を抱き、町田が怪しいのではないか、と府警本部の意向に反する事を考えていましたが、舞洲のヘリポートで町工場の社長名和から犯人の名前が出て全てが決着する筈だと思っていました。しかし、そこで思わぬ展開になってしまい……」と普段顔色を変えることのなかった北村の苦渋の形相に、敷島は容赦なく、

「嘘をつけ！　お前は、事件発生当日、俺が未来君を背負って歩いていたという証言を

握っており、俺が犯人かも知れないと云う予断を持っていた筈だ。それで、俺を撃った。そういう事やろぅ！」と、完全に尋問口調になっていた。

「あの迷宮入り直前の事件は、確たる証拠も無く、疑えば誰もが容疑者に見えました。予断ではありますが、敷島警部を始め全ての関係者を疑っていました。新谷未来君の父親さえ疑わしいと思っていました。敷島さんを撃ったのは、あの時の状況では仕方がなかった。あのままでは、敷島さんが町田を殺してしまいそうでしたから……」と北村は声を詰まらせながら腹底から絞り出し、

「これだけは、信じてください。先日も申しましたが、私は今でも敷島さんが犯人ではないと思っています。あの状況証拠だけからでは立件も難しいと考えていました」と敷島を見詰めながら訴えた。

「分かった！　三年前の捜査開始前に戻ってしもたなぁ。俺が収監後、この事件について、北さんは何か行動したか？　例えば、町田や名和と会うとか」と敷島は少し冷静さを取り戻しながら聞いた。

「警察官としては、任意で再調査等出来ないのは敷島さんが一番ご存知でしょう。町田も名和とも、それ以後コンタクトはとっていませんし、どこで、どう暮らして居るかも知りません。事件後、私も異動が続き、自分の仕事に感け(かま)てしまって……。申し訳ありません」と頭を垂れた。少しの間の沈黙が部屋の隅々まで行き渡り、冷たい空気が支配し始めた時、

敷島が苦渋に満ちた顔で、

「北さんよ。今から云う事が本日のメーンイベントや。一寸しんどいけど聞いてくれ。俺は、北さんが、木村善一の息子で木村俊介というのは知っている、当初は北村翔とも名乗っていた。木村善一、則ち君の父親は十数年前クレジットカード詐欺に合ったと警察に名乗り出たが警察が取り合わず、憤慨した君の父親はミナミで詐欺行為をしたと思われるホステス二人の首を切り落とし、続いてＪＢＣクレジット会社の大阪支店長を襲おうとして逮捕され、拘置所の中で自害した。この事件を担当したのが俺だってことは知とるよね。その後、木村家は離散し、君は素封家である北村家に養子に入り、東大を卒業後、警察に入った。そこでや。北さんは、何んで警察に入ったんや、いや、入れたんや。それは、警察への復讐、いゃ、担当刑事の俺への復讐か」と北村を覗き込みながら口角泡を飛ばした。じっと、顔色も変えずに聞いていた北村は、

「敷島さんは、私の個人情報をいつからご存知でしたか？　事実、実父が自殺したのも、木村家が離散したのも警察のせいだと思っていましたが、警察に復讐することで解決するとは思っていませんでした。寧ろ、警察に入って、同じ過ちが起こらないように、内部から改革しないといけない。と云う青っぽい考えから入署しました。入署に当たっては養父の力添えがあったとは思っています」と無表情ではあるが目元に少し笑みを浮かべながら応じた。敷島は肩透かしを食ったような表情で、

「それは、優等生な答弁やな。俺が北さんの事を知ったのは、舞洲ヘリポート駐車場事件の少し前や。最初、うちに来た時は、只の変わり者やとしか思ってなかったわ。それに、改革する気ならキャリアで本庁に入らなアカンやろぅ。それぐらいは分かってたんやろうけどなぁ」と冷静さを取り戻しつつ、茶化しながら諭すと、

「私の云う、警察改革は、やはり現場からだと思ったからです。上層部から指令を出して改革出来るものではないと感じたからです、その当時は。今は、それも無理があると己の幼稚さを悔やんでいますが」と北村は少し俯（うつむ）き加減で真面目に応えた。その話を余り拡げる積りの無かった敷島は、

「分かった、分かった。警察への入署動機はよう分かった」と云い、萎（な）えかけようとしている己を鼓舞しながら胸から手帳を取り出し見開きながら、次の問いを続けた。

「北さんの、その純真な気持ちを聞いて、こんな話をするのも何やけど、北村俊介十九歳の時、栃木で少女誘拐殺人事件の容疑者となっとるわなぁ。これはどういうこっちゃ？よかったら聞かしてくれ」と単刀直入に聞くと、流石（さすが）の北村も憮然（ぶぜん）として、

「謂われも無い濡れ衣ですよ。容疑者と云っても、事情聴取を一回されただけですよ。その後、何の連絡も挨拶もありませんでした。こういう警察をも改革したいと思ったのですが、残念です」とやや語気を強めた。

「この事件は、もう十年以上も前になるが、不思議な事に、今回の新谷未来君事件の凶器

と同じ種類の物、首カッターが使われていた。関東で起こった事件やし、大阪へはなかなか情報も入って来(こ)んかったけどね。北さんは、この凶器については、容疑者尋問の時何か聞かされていたのか？」と敷島が愈々(いよいよ)詰めに入った。北村は、その当時を思い起こそうとする仕草を見せながら、

「事情聴取を受けたのは……、その日時のアリバイと何しに栃木の日光に来たのか、という程度で、尋問中に、少女の首を切断したという惨(むご)たらしい事件とは聞きましたが、具体的な凶器の話は出ませんでしたし、その後の報道でも凶器については触れなかったように思います。ましてや、父が殺害に使用した凶器が首カッターと云うのも、舞洲へリポートで名和が『この器具の注文者は木村さんや』と云うのを聞いて、その時初めて、父が首カッターを使用したのかも知れん……と、思ったぐらいです」と自分に疑いが掛かっているのを払拭しようと必死の形相で語った。

「親父さんの件は問うてへんけど、話が早(は)ようて助かるわ。俺は、こない想像してみたんや。北さんが、父親の殺害器具を事件直後に知っており、警察への復讐、己の児童虐待癖が相まって同器具を造り、栃木で事件を起こした。その時はまだ、未成年やったのに警察も灰汁(あく)どい事しよるわな。その後鳴りを潜(ひそ)めて警察に入署し、入署初年の六月に、新谷未来君を同凶器で殺害した。はっきりした理由は分からん。どうや、この筋やったら、全てが上手く説明つくと思わんか」と、テーブルに両手拳(こぶし)を乗せ、硬直した顔面を反り返した。間髪

を入れずに、

「そんなアホな！　出だしから偽証ですよ。私が父の殺害凶器を知ったのは、先程も話した通り、舞洲ヘリポート駐車場事件の……確か平成二十七年の十二月ですよ。まぁ、知っていたとしても、私には動機もないし、証拠らしき物も無いですし、全くのでっち上げ、空想に過ぎませんよ。何か、敷島さんの想像に悪意を感じざるを得ませんよ」と北村は顔を紅潮させ、余りの驚きに笑みさえ浮かべながら反論した。

「ウーン。そらそうやなぁ。スマン！　そやけど、北さん、今俺が挙げた事件の北さんのアリバイ、無実を立証できるか？　所謂(いわゆる)やってない事の立証。これは将に悪魔の証明やろぅ！　俺も裁判で、遣っていないことの立証は出来なかった。そやから有罪になったと思てるねん」と敷島には珍しく消え入るような声になった。

「いや、申し訳なく思っているのは自分です。敷島さんを撃つは、裁判での援護反証材料も出せず……」と神妙な空気が場を支配しそうになりかけた時、何時もの敷島が現れた。

「今日は、呼びつけといて、スマン、スマン。これぐらいにしとこか。やっぱり、思いの丈を話して、スーッとしたし、色々参考になったわ。今後、調査を続けようと思っとるが、何かアドバイスと云うか、北さんが不審に思っとることが有ったら教えて欲しい」と北村に本日の終焉を告げると、

「先程も言いましたが、全てが疑わしいですね。町田、名和それに未来君の父親。事件後、

敷島さんの逮捕で、全てが幕引きになりましたからね。是非、ご苦労様ですが、真実を追い求めてください。私にも協力できるところがあればいつでもお声掛けください」と敷島に容疑者呼ばわりされても最後まで優等生然とした口振りで応えた。

敷島は、この調査が藤本耕三の依頼に由(よ)るものであることを、最後まで言い出せなかった。

北村と分かれた帰りに、菅山紗耶香の家に寄り、調査料が入ったと、これまでの飯代として五十万円の入った封筒を渡そうとしたが、紗耶香は「手切れ金？」と嘯(うそぶ)いて受け取らなかった。帰り際に、「何かの足しにしてくれ。また、困ったら貸して貰わんとあかんけどな」と云って下駄箱の上に置いた。玄関を出て、何時(いつ)ものようにキャメルを燻(くゆ)らせた。

翌朝、人が変わったかのようにアグレッシブに大阪地検に出向き、裁判記録のコピーを申請し受け取った。その足で、難波のアベベに向かいホットコーヒーとレイ・ブライアントの「アローン・アット・モントルー」をリクエストした。急遽(きゅうきょ)オスカー・ピータソンの代役として演じた大舞台での初々しいピアノソロは、ブルージーで観衆の魂を激しく揺さ振る、期待を超えるライブ盤である。敷島はこのアルバムを聴くと何故かいつも泪(なみだ)した。決して悲しいのではなく、初陣に武者震いするような感激を覚えるからである。最後の曲のブギーで弾けるように、体内にエネルギーを充満し終え、帰り際に麻里子を呼び出し、重厚なドアーの外で、麻里子に調査協力費として十万円の入った封筒を渡した。店内が気になる素振りを見せる麻里子に、新しい調査依頼の概要を話し、協力を求めた。麻里子から「そのような座標で待ち合わせ場所を指定してくる相手には気を付けた方が良い」と理由(わけ)の分からないアドバイスを受け解放した。

そして、もう一件借りのある不動産屋の古川の事務所に向かい、「事務所家賃半年分払(は)ろとくは」と云って、三十万円支払った。帰り際に古川が、

「貰えるとは思っていなかったんで、有難うございます。また、悪い事しはったんと、ちゃいますやろなぁ！」と云う戯言(ざれごと)に見向きもせず事務所を出た。

金銭には紳士的な意外な一面を見せた二日間であった。

パワーが充実したところで、二日ほどかけて裁判記録と悪戦苦闘の末、己が会うべき人物、調査すべき人物を炙(あぶ)り出した。

十二月七日の早朝、新大阪から新幹線で科学警察研究所の中田恭子に会うために東京に向かった。勿論、ノーアポであったが、車内からメールで面会を求めた。名古屋辺りに差し掛かった頃に、「午後三時から一時間程度なら」と無愛想な返事が来た。「宜しく」と返信して、窓から差し込む柔らかい光の中二時間程、微睡(まどろ)んだ。東京駅から上野駅に向かい常磐

線に乗換えようとしたが、待ち合わせ時間までには四時間もあるため、一旦上野で下車した。上野には過去一度立ち寄ったことはあるが、アメ横商店街を歩いた程度の記憶しかない敷島にとっては、憧(あこが)れの恐れ多い文化の中心地である。早速、東京国立博物館へ足を運んだ。

『マルセル・デュシャンと日本美術特別展』の案内板が目を引いたが、「よう分からんけど、他にもエエ物があるやろ」と、安価な入場料に驚きながら荘厳な建物の中に入った。「こら、ゆっくり観とったら二時間はかかるなぁ」とパンフレットを見ながら時計に目を移した。「十一時前か。時間はあるな」と道順に従い奥の美術の宝庫へと進んで行った。

興味のある展示物の前では立ち止まることはあったが、多くの宝の前を車窓からの眺めのように通り過ぎた。「勉強不足やなぁ。来る前に調べとかなぁアカン。博物館に失礼過ぎる」と一度は芸術にも傾倒した若い頃の想いが自省に拍車をかけた。

感動と少しの自戒を携え博物館を後にし、不忍池(しのばずのいけ)のベンチに座り弁当とビールで少し遅い昼食をとった。

「これが、不忍池か。著名な小説の舞台にもなっているが、来てみると普通の大きな池やなぁ。まあ、何ちゃ言うても、百聞は一見に如かずや……」と呟きながらも、感慨深気に眺めた。師走の陽だまりの中といっても、ビールの冷たさは敷島の心身の不安を煽(あお)るには充分であった。

　上野駅から常磐線で千葉の柏駅に向かった。三十分程で柏駅に着いたが、駅前の商業施設、ビル群に驚きを隠せず、タクシーが在る駅かを心配していた己を可愛く思った。タクシーで科警研の本棟前に着け降りた。見た目には分からないがピリピリした緊張感の漂う警備体制の中、「犯罪行動科学部の中田さんに三時に約束がある」と告げロビーで待った。暫くすると中田恭子が現れたが、三年振りとは言え余りの変貌に、

「恭子ちゃんだよね？　どうしたの、その茶髪に、銀縁の眼鏡……」と手振りを交えて半笑いで驚いて見せた。

「もう、だから会うのに気が進まなかったの……。こちらへどうぞ」と前を進む恭子の後ろ姿を、「少し痩せたかなぁ」と上から下までまじまじ見回しながら部屋に案内された。

「今日は、どうしたのですか？」と掛かりつけの医者が患者に問う様に聞くと、

「いきなり、それは無いやろぅ！　三年間、お勤めご苦労さん位の挨拶、労いが。先でっしゃろぅ！」と力んで見せる敷島だったが、中田は表情も変えずに、

「そんな事を言って貰いたくて、ここ迄来たのですか？」と意地悪さに磨（みが）きがかかったような受け応えに、敷島は襟（えり）を正し、

「長い間、ご迷惑をお掛けしました。漸く、十月に出所してまいりました。現在は、探偵を商いとしています……」と言い終わるや否や、

「馬鹿ね、相変わらず！　そんな事言ってやしませんよ。二人の間で、堅苦しい挨拶は抜

き！　ビジネスで会う時は単刀直入に問題を提起して！　これが今までの鉄則でしょう」と表情を和らげながらも鋭い言葉を投げた。戸惑いを隠せない敷島は、

「分かった。分かった。全て俺が悪うございました。今日は、恭子ちゃんに、二、三頼みたい事があって来た。もう、民間人となった俺に対しては、そんな義理も無いんやろうけど、恭子ちゃんしかおらんのや。頼むわ！」と本題に入り始めると、恭子は眼を空中に逸らしながら、

「ご存知のとおり、今、私は警察庁の科警研の所属だから、今までのように自由に動ける訳ではないので、内容次第ではお力になれない事を承知置きくださいね」と徹底しての他人行儀な話し振りに、敷島は我慢ならず、

「俺が刑期を勤めた事件には、君も少しは関係を持っており、忸怩たる思いが君にもある筈や。否、無いなんて言うんやったら真面な人間やあらへん！」と語気を荒げながら恭子の眼を見入った。恭子は少し表情を和らげ乍ら、

「分かったわ。それで、どのような相談なの？」と椅子に深く掛け直した。

　敷島は、十月の出所後に探偵事務所を開き、十二月一日に藤本耕三から兵庫県庁に呼び出され、真犯人を調査して欲しいとの依頼があった云々を包み隠さず話し、

「恭子ちゃんに頼みたいのは、この藤本耕三という県議員が何者であるか調べて欲しい。何故に俺に調査を依頼してきたのかを知りたい。確か、警察庁ＯＢと聞いている。それと、

ついでに恭子ちゃんが保護していた町田泰三の行方を教えて欲しい。それと……」と言いかけると、

「えっ。まだ、他にもあるの？」と些か怪訝な顔になった。

「スマン。もう一つ、北村俊介いや当初は北村翔と名乗った木村善一の息子。養父等の情報、育だった環境みたいなもの、何でも教えて欲しい。以上や！」と一仕事をなし終えたように恭子を睨む敷島に、

「もう、相変わらずね」と吹き出しながら、お互いの顔を見合わせて苦笑した。

「今、お応えできるのは、町田泰三ね。町田は、もう一年位になるかなぁ、病院で亡くなったわ。脳腫瘍が原因と聞いている。藤本耕三と北村俊介については、少し調べさせて。分かったら連絡するわ」と驚きの答えが返って来た。

「町田が死んだ？　どういうこっちゃ。殺されたんと違うんかい？」と恭子に詰め寄るも、

「事件性は無いわ。ただ、町田はアナタが逮捕されたことに納得いかず、独自で透視をしながら調査をしていた形跡があるの。その過程でかどうかは分からないけど、歩行中に意識を失い救急搬送されたけど、三日後に亡くなったとのことよ。私も立ち会えなかったし、誰一人立ち会わなかったみたい」としんみり話した。

「そうか。容疑者が一人消えたか。こいつはショックやなあ！」と明らかに気落ちした表情で、

「『窮すれば則ち変ず、変ずれば則ち通ず[14]』やぁ、気を取り直して此処から再出発や！」

と云いながら、

「それにしても、北村は町田の行方は分からんと云うとったけど、アイツも聞いたらビックリするやろぅなあ。ところで、恭子ちゃんは町田泰三の実家とか、永年住んで居た所、知らんかな。折角、大阪を離れて遠い所迄来たんやから寄ってみようかと思う」と訊ねると、

「町田については、本当に謎だらけなのよね。それに、何故私にだけ少し胸襟を開いたのかも謎だし。確か、少し資料が残っていると思うので、調べて連絡するわ」と段々と敷島の知っているいつもの恭子が出て来た。

「分かった。今日は東京に泊まるので、その間に連絡貰えると有難い。明朝から行動するから……」と本日の議題は終了とばかりに、椅子から体を大きく前のめりになりながら、

「ほんで、どうしたんや。その頭は？　失恋でも、したんか」と云わずもがなの言葉を発し、恭子を呆れさせた。

「簡単に言うと、イメージチェンジね。ほら、どうしてもお堅い女性に見えてしまうものだから……。でも、そんなに変わっちゃったかなぁ？」と少しお道化て見せたのを、敷島は、「将に、『人はその親愛する所に之いて辟す[15]』で、私には真面な判断は出来かねますが、スナックのチーママ、否、失礼。なかなか良くお似合いです！」と云いながら笑って誤魔化した。恭子は、「何、それ。どう意味なのよ！」とムッとした表情をしながらも微笑んで見

せた。

恭子に、連絡を貰える事を再度頼み、居心地の悪い建物を後にした。

柏駅から電車に乗って間もなく、恭子から電話が入った。

「町田の本籍、恐らく実家だと思うけど栃木県塩谷郡栗山村黒部、現在の日光市栗山町黒部ね。行くのでしたら遠ーいよ。一日がかりになるわね。もう誰も居ないとは思うけど。それから、栃木と聞いたら、敷島さんの事だから、栃木の児童誘拐事件も調べるのでしょう？明日、栃木県警本部の刑事課長に電話入れておくわ。良しなに扱ってくれと……」の機転が利く一方的な対応の仕方に、恭子らしさを感じながら、

「有難う！　恩に着るわ。しかし、町田は俺らには本籍は岐阜県や、云うとったけどなぁ、まあ、恭子ちゃんの云う事には間違い無いやろう」と周りの乗客の眼を意識しながら小声で喋った。

その夜は、明朝の栃木行の事も考えて、上野のビジネスホテルに宿をとり、明日の段取りだけを済ませ、食事に街へ出た。

翌朝、上野駅を八時に宇都宮線で栗橋に向かい、栗橋から東武日光線で東武日光駅に着いたのが十一時前。前日、東武日光駅でレンタカーを借りる手筈どおり、駅前のレンタカー

店で小型車を借りた。愛想の良い若い女性に、行き先の道順を尋ねると、「１６９号線を一時間程度真っすぐに走ったら到着です」と笑顔で簡潔な答が返って来た。運転に余り自信もなく、土地勘もない敷島は、険しい山岳道路と身構えていたが、路面も良く整備され、道幅も余裕があるのに安堵し、緑を車窓に写しながら快適に小一時間走った、町田泰三の事など微塵も考えずに。車はそのうち平地に入り、暫くして左折して23号線に入り栗山庁舎を目指した。途中、鬼怒川沿いに黒部ダムが現れ、「ここにも黒部ダムがあるんだ」と何か、山崎祥子調査時の黒部市の想いもあり、言い知れぬ運命の悪戯を感じた。

平屋の瀟洒な建物が道路沿いに現れた。まるで観光地の一大休憩所のような佇まいである。広い駐車場には、停まっている車も少なかったが遠慮がちに隅っこに停めた。車内で、町田泰三関係の書類に目を通し終え、明るく開放感のある庁舎に入った。如何にもよそ者が来たという眼差しがそこら中から感じられた。住民票関係のカウンターに向かい、「すいません。日光市栗山町黒部の町田さんを訪ねたいのですが、どの辺りになりますか」と丁寧に聞くと、応対した若い女性が、

「その番地には、もう誰も住んで居ませんし、建物もありませんよ」と云いながら後ろを見回し、年配の男性に声を掛け、

「小川さん。町田さんを訪ねて来られているけど、何か知っていたらお話して貰えませんか」と話を繋いでくれた。その男性は、七十は過ぎていると思われ、この辺りの生き字引のような存在かも知れんが、どこか一癖あるような風貌であった。

「ところで、アンタは誰？　個人情報をペチャクチャ喋るわけにもいかんしなぁ」と云いながら談話室へ案内された。

「私は、大阪から来た敷島です。元大阪府警に勤務し、今は探偵をしています。町田泰三さんの調査依頼を受けて此処までやって参りました」と慇懃（いんぎん）に素性と目的を明かした。

「そりゃ、遠方から遥々（はるばる）ご苦労さんなこった。残念ながら町田泰三さんは一年ほど前に亡くなった。本籍がこちらにあるので、抹消依頼が届いたので、分かった次第です」と気の毒そうに説明をした。敷島は、

「私も、その情報は知っているのですが、実家と云うか本籍地は、今どうなっているのか知りたくて、また家族の事などの情報もあればと思い現地を訪ねて来ました」と云い終わると、その男、小川は、町田の件については如何にも触れたくない、これ以上話すことは無いと云わんばかりに、

「町田家は泰三の死で終わりましたよ。家族も親戚も無い筈です。誤解を恐れずに云うと、死ぬのが遅かったくらいです。散々町田家の名を汚した挙げ句、家系も断絶させたんですからね、本当に虚（うつ）け者ですよ！　もう、これ以上は話すことはありません」と少し興奮気

味になった。小さな町だけに、何から何まで役所の人には筒抜けなんだと云う恐ろしさを覚えたが、

「町田家と町田泰三について、もう少し詳しくご存知の範囲で教えて頂けませんか」と更に聞くと、小川は立ち上がり、スチールの書棚から一冊のファイルを持って来て、頁を捲(めく)りながら、

「我々が知る範囲では、町田家は江戸末期に黒部の奥に住み着いたようで、大正時代の黒部ダム設置により、摂取された土地の代替地として、今の住所に移り住んだようだ。家系は少規模で、此処を出ることは無く、代々細々と畑で食いつないできた零細農家だったようだ。町田泰三は農家の長男として昭和二十九年に生まれており、その三年後に妹が誕生したが、妹は五歳で病死している。町田泰三は妹を溺愛しており、死後も永らく側を離れなかったようだ。町田家は頭の良い泰三に夢を託したが、中学生位から奇行が目立つようになり高校にも進学せず、ある日プイっと家を出て、宇都宮で働いていたようだ。数年後、鹿沼市で児童誘拐事件があり、その容疑者として名前が挙がったのが町田泰三を有名にした始まりだ」と小川は一気に捲し立てた、まるでこの日が来るのを待っていたかのたように。敷島は、ここ迄具(つぶさ)に町田家の情報を、どのようにして得たのか、不思議な村の情報収集力、小川の執念(しゅうねん)に不気味さを覚え、悪い船に乗り合わせたような悪寒を感じながらも、更に小川に、

「私が掴んでいる情報では、町田は平成十二年以来、何度か、透視で犯人逮捕に協力している。警察署長表彰まで頂いていると聞いてますが、その辺はどうなんですかね?」と訊ねると、小川は周囲の人の気配を気にしながら、

「確かに、町田は警察に協力したと表彰されたようだが、もうその時は此処を離れて三十年程経っていた。ただ、母親はその報告を大層喜んだようだ。何、父親は泰三が村を出て十年後に亡くなっているが、葬儀にも顔を出さなんだ。泰三は、鹿沼の容疑者になって以降、栃木で児童誘拐が発生する度に、容疑者として名前が挙がっていたが、何れも証拠不十分で逮捕に至っとらん。警察への協力も胡散臭(うさんくさ)い話で、村の者は誰も、そんな話信じとらんわ」と村の大悪人を断罪したことにより留飲を下げたのか、続いて小川は、

「しかし、こんな田舎に産まれ、若くして人生の閉塞感を持ち続けた人間だけを攻めるのも片手落ちな気がする。もう少し良い環境を与えられたらあんな人間にはなっていなかっただろうと思うと、村や国にも何らかの責任がある様な気がしとる」と今度は大罪人町田を庇(かば)って見せた。

敷島は、町田のような怪しげな人物には根も葉もない噂話が多々出て来ることは、経験上理解しており、やはり警察に行って証拠を吟味するしかないと思い逸(はや)り、小川の言った事を再確認しながらノートに書き留め、小川に最大の謝辞を表し別れた。

「此処まで来たのだから、町田の生家跡だけでも見て帰ろう。それからでも、栃木県警本

部には四時には着くだろう」と頭の中でルートを走らせた。

　町田の生家跡へは、細い道路際に車を止めて歩いて数分を要した。周りに民家も無く、雑草が生い茂り生活していた痕跡も残っていなかった。敷島は、妬けに虚しく、人間の果敢なさを感じざるを得ず、『人生は白駒の隙を過ぐるが如し[16]』と、この場には相応しくないが、己の自戒も込めて呟いた。

　帰路の運転は、車窓の美景にも目をやることもなく、どこまで落ちるのか底を見せない町田泰三について思いを巡らし、完全にメヴィウスの輪に嵌まり込みながらハンドルを強く握りしめていた。

　栃木県警本部の刑事課長を訪ねると、

「敷島さんね。お早いお越しで……。科警研の中田主任から町田泰三の件で協力してあげて欲しいと伺っていますが、具体的にはどのような事ですかね」と谷口刑事課長から挨拶もそこそこに、単刀直入な質問が飛んできた。敷島は好都合とばかりに、

「町田泰三が関係した栃木で起こった児童誘拐事件についての町田の関わりと、その他町田の人となり等、どのような情報でもお聞きしたい」と応えると、谷口は、

「杉さんよ！　一寸お願いできないかい」と受話器越しに話し終えると、

「町田泰三については、杉本君が一番事情を知っているので、此処に呼びましたから」と

云いながら、

「またまた、どうして今頃になって町田の話など持ち出すんですかね？」と怪訝な顔で空中に目を泳がした。そこに、大柄の杉本刑事がファイルを数冊持って入って来て、

「お待たせしました。杉本です」と名乗り終わると、谷口は、

「それじゃ。敷島さん、後は杉本君と話してみてくださいよ。何か見つけられると良いのですがね。アッそれと、中田主任にも宜しくお伝えください」と皮肉めいた口振りで席を立った。

杉本直哉（すぎもとなおや）は、平成十二年四月に県警の今市（いまいち）北署に異動になり、その九月に起こった女児誘拐殺害事件を担当、更にその四年後の平成十六年に起こった女児誘拐殺害事件も担当、何れも町田泰三が絡んでいる事件を担当し、現在は県警本部刑事課係長の警部補である。

敷島が丁重に、

「お忙しいところ、申し訳ありません。早速なんですが、町田泰三が関係したと思われる事件について、町田がどのように関わりを持ったか教えて頂きたいのと、杉本さんの所感も交えて教えて欲しい」と単刀直入に申し入れると、実直そうな杉本はファィルを見ながら、

「まずは、平成十二年九月に発生した栃木女児誘拐殺害事件について、本件は迷宮入り寸前に、町田泰三が事件発生から二年後に透視で犯人を割り出していると云う情報を再吟

味したことから犯人を逮捕するに至り、女児の白骨化した遺体が供述通り発見された」と淡々と話し始めたが、この程度の内容は敷島も泉北T署で町田を協力者としたことからも既に調べがついており、敷島は言葉を遮るように、

「当時は、透視という事は、発表されていませんよね。有力な情報から犯人逮捕とだけ発表されているが、その当時警察と町田とはどんな関係だったんですか?」と聞くと、少し表情を曇らせ、周囲を見渡しながら、

「本件については、決して警察が透視を依頼した訳じゃないのですが、敷島さんも警察経験者だからお分かりの通り、透視のような非科学的な捜査方法を警察が採用したとなると大問題になりますからね。それに、町田は以前から本件以外にも透視した、との垂れ込み情報を数件持ち込んでいました。何れも行方不明者の透視でしたが、全く的外れで、警察としても正直取り扱いに苦慮していました。その町田からの情報ですからね。百打ちゃ一つは当たる程度の扱いでした。だから、当時としては、我々は町田を報奨金狙いのイカサマ野郎、と呼んでいましたね」と町田の不名誉な情報を聞かされた。敷島は、溜息(ためいき)を付きながら、

「町田泰三は、決して救世主じゃなかったんだ! でも、警察としては重要な情報提供者として、署長表彰をせねばならず……。それから、何年かして、また透視で犯人逮捕に協力していますよね。その間、町田の動きはなかったんですか?」と興味津々のあまり体を乗

り出して聞くと、杉本は益々勢いに乗り、

「いやいや、その後も引き続き年に数回、透視の持ち込みがありましたよ。それも、警察に事件としての届出のない件も多数ありましたから、本当に扱いに困りましたよ。我々にとっては無用な仕事を増やされているようなものですからね。それでも、今仰ったように、平成十六年に発生した児童誘拐殺害事件を町田が場所を透視したことから児童の遺体が発見されましたが、未だに犯人逮捕に至っていません。これは、警察内部でも町田の自作狂言、町田が殺害して遺棄したのではないかとの考えが本流でしたが、証拠が出ませんでした。町田としては、幾ら透視しても当たらないから、名誉挽回のつもりで自作して、透視だと言い張ったんじゃないか、と思われていますね」と苦渋の表情で話し続ける杉本に、敷島は一つの疑問を投げかけた、

「先程、今市の栗山庁舎に寄って町田泰三の話を少し伺ってきました。それに拠(よ)ると、町田は二十代前半に鹿沼市で起こった児童誘拐殺人事件で容疑者として初めて登場したと聞きましたが、その辺の事と事件との関係を杉本さんはどのように考えていましたか？」と杉本の眼を見入った。

「先程話した平成十二年九月の女児誘拐殺害事件を担当するに当たって、町田の事を先輩から聞かされ、自分としても過去の事件調書を丹念に読み起こしたので、その事は承知しております。残念ながら、昭和五十年代は全国的に届け出のあった行方不明者数は十万人

にも達し、とても徹底捜査出来るような状況ではありませんでした。栃木県も例外ではなく多数発生しており、届出の無い件数までを考えると胸が痛む思いです。そんな状況下で誘拐、遺棄の容疑者は事件毎に数十人は下りませんでした。その中に、町田も居たと云う事で、特に彼だけが怪しいわけではなかったのですが、彼は透視を使うという事でスポットがあたり、まるで自らが犯人だと思わせる形で登場するものだから目を引いたのですが、結局証拠は出て来ないのです。警察官としては、それ以上予断をもって接する訳には遺憾と考えた次第です」と警官の鑑のような話し振りで応じた。

最後に敷島は、町田が堺泉北ニュータウン男児誘拐殺害事件に関与しているかどうかの重大な手掛かりになる質問を投げかけた。

「栃木県内で町田泰三が関係したと思われる殺害事件、容疑者として疑われる殺害事件の死因は何でしょうか?」と聞くと、杉本は、

「窒息死ですね。暴行を加えられた形跡もありますが、全て口鼻を押さえるか、絞首ですね。相手がか弱い児童ですから……」と即答した。

「そうですか。首を何かで切断された様な惨(むご)い事件はなかったですか?」と敷島が念を押して聞くと、杉本は、

「そんな惨い事件は無かったですね。町田が関わったと思われる中では……。待てよ。私が宇都宮C署に異動して直ぐ後に、日光で起こった少女誘拐殺害事件は、確か首が切断さ

れていたという話は聞きましたが、これには町田は容疑者に入っていなかったようですが……、確か、平成十九年頃だと思うが」と確信をもって応えた。杉本からの情報に手応えを感じながらも、更に執拗に、

「その日光で起こった少女誘拐殺人事件は未解決ですよね。その事に詳しい人を紹介して貰えませんか」と無理を承知で聞くと、

「その事件は時効にかかってしまいましたが、当時の担当者は未だに忸怩たる思いでいる筈ですよ。野田君が担当でした。私の二年後輩ですが優秀な男です……。宇都宮Ｓ署の刑事課に居りますよ」とまるでビジネスマンの様な口調で喋った。敷島は、話がトントンと進み過ぎるのに、警戒感を覚えながらも、

「その野田さんを紹介して貰えませんか」と頼むと、杉本は意図も容易く、その場で携帯から連絡を入れた。少し話した後、

「署では不味いから、外でなら会っても構わない」と云っていますが、「どうしますか？」と携帯を手で覆いながら聞いた。

「是非、お願いしたい」と杉本に伝え、時計に目をやった。午後五時を回っていた。

　杉本刑事に丁重にお礼を述べ、彼から教えられた指定場所に向かった。東武宇都宮駅から電車に乗り込み江曽島駅に向かった。車内は既に家路を急ぐ通勤客等で溢れかえってお

り、大阪では味わったことのない蜜の状態のまま江曽島駅に吐き出された。改札を出て、直ぐに携帯で野田刑事に連絡を入れた。暫くすると、小柄で目つきの鋭い男が近寄って来て「敷島さんですか？　野田です」と挨拶を交わし、無言のまま野田の後を乗降客の流れに乗り付いて行った。住宅街を少し入った所で、野田が暖簾を潜った。後を追って入り、奥のテーブルに落ち着いた。

「すみませんね。忙しいところ付き合わせまして」と敷島の礼に被せるように、

「いや、構いませんよ。日光の少女誘拐殺害事件を大阪から調べに来たと聞いて、是非お会いしたいと思って……」と野田が口火を切ったが、敷島は、

「いや、そんな大袈裟なものじゃなく、ただ、その時の容疑者について少しお話しを伺えればと……」とやんわり勢いを逸らした。運ばれて来たビールジョッキーで乾杯しながら、野田が、

「あの事件は殺害凶器も残っており、物証、目撃証言等も多々あり、解決は時間の問題と思われたが、時効に追い込まれた。容疑者は濃淡合わせて六十名程だったので、それを徹底して追求すれば星に結びつくと思っていたが……」と話しながらジョッキーを呷った。もうスッカリ警察業務から離れている敷島にとって、現場の第一線で働いている刑事の言葉に少し気後れしながら、

「その事件は、今はどんな扱いになっているのですか？」と聞くと、

「ご存知のように、時効成立という屈辱だけを背負わして、事件本部は解散。今じゃ、未解決事件として、一切合切を段ボール箱に詰め込み、書庫の片隅に眠っていまさぁな」と溜息交じりで苛立ちを現した。その苛立ちを逆撫でするように敷島は、

「未解決なら、もう少し容疑者を徹底的に洗うべきじゃなかったのかなぁ？」と云うと、野田は「フーン」と鼻で笑いながら、

「まさか、敷島さんは、我々の捜査方法にイチャモンを付けに態々大阪から来たんじゃないでしょうなぁ！　我々は、この猟奇的な惨たらしい事件の犯人を許せない、との思いで時効直前まで全員が駆けずり回りましたよ」とテーブルを引っ繰り返しそうな剣幕で応えた。敷島は慌てて、

「いやいや。私も元警察の端くれ、ご苦労ご尽力はよう存じております。私が効きたいのは、容疑者の中に町田泰三、北村俊介、北村は木村翔、木村俊介と云う名前かも知れませんが、含まれていなかったか知りたいだけです」と野田の機嫌を宥めるように尋ねると、野田は十年も前の事件を手に取る様に、

「町田泰三って、あの透視か何かを使うイカサマ野郎でしょう。アイツは運の良い事に、事件発生日時に、別件で、鹿沼警察署に任意出頭して尋問を受けている。それがアリバイとなっている。北村というのは、確か、東大の学生だったよね。容疑者には馴染まないタイプの人間だったから、よく覚えているよ」と記憶力を披歴した。透かさず敷島が、

「その北村俊介ですが、どのような疑いが有ったのか？　そして、何故、一度だけの尋問で終わったのか、を教えて頂けないでしょうか」と哀願するように問うと、さすが記憶力抜群の野田も頭を抱え込みながら背を反らし、

「ウーン！　北村の容疑は、事件発生推定の時刻の一時間程度前に、誘拐現場近くのコンビニの防犯カメラに写っていた。まぁ、そのカメラには数人写っていたので、全員容疑者となっているがね。確か、北村は、日光東照宮辺りの観光に来ており、付近を散策中にコンビニで喉を潤したとのことだった。それ以外の防犯、監視カメラには写っておらず、動機も考えられなかったから、リストから外れた」と説明を受けた所で、敷島は血相を変え、

「北村は、実父が、大阪ミナミで遺恨からホステス二人を首カッターで切り落とすという猟奇事件を惹起(じゃっき)した犯人、木村善一の息子ですよ。その後、木村家は離散し養子として北村家に入った。万が一その当時、北村が、実父が犯行に使用した凶器を知っていたら、特殊な凶器から充分に容疑者となっていたのでは……」と野田に鋭く噛みついた。

「まぁまぁ。そんなに熱くなりなさんな」と年下と思われる野田が諫めながら、

「今の凶器の話は初耳ですよ！　知っていれば、こちらの対応も変わったかも知れんし、北村の反応も違ったかも知れんが、北村には被害者との接点、土地勘等を考えても、全く捜査対象にはならなかった。特殊な凶器は偶然と思いたいね」と自分たちの捜査方法に間違いがないと云わんばかりに応えた。敷島はなおも執拗に、

「野田さん達の遣り方がどうこう言う積もりは毛頭ありませんよ。ただ、北村の事情聴取の様子を知りたくて……。北村という男に、何か感じませんでしたか？　些細な事でも良いから教えて欲しい」と聞くと、二人の間に重くて長い沈黙が膜を張り始めた。

敷島が煙草に火をつけながら、野田にも差し出すと、箱から一本を取り出し、「おーキャメルか！」と云って銜えた。野田が煙を燻らしながら、

「まあ、これは捜査には関係ないのだが、北村という男は、何故か警察に敵愾心があるように感じた。それは、表面的な露骨なモノでなく、警察の存在に疑問を抱いているような。まぁ、東大生だから権力に対する天邪鬼的な所があるんだ、と思ってはいたが」と吐露した。敷島は透かさず、

「例えば、どんなところで感じましたか？」と聞くと野田は、

「私の中でも未だ消化できてないのですが、『犯人逮捕に協力して欲しい』と、一般的な事を言った積りが、北村は、確か『警察は弱い者の味方ですよね。被害者は殺されたと云う意味では弱者でしょうが、犯人が弱者じゃないとは誰が言えるのでしょうか。警察にとっての弱者とは身体に傷を負わされた者、或いは殺害された者だけの事なのでしょうか』みたいなことを、少し興奮気味に喋ったことがあったなぁ」と煙草を揉み消しながら目を細めて話した。敷島は若き日の北村を想像しながら、

「まるで、人権派だね。法学部の学生だから、それ位の事は言っても不思議じゃないが、

態々（わざわざ）尋問の受け答えで云う事じゃないよなぁ」と野田を庇（かば）った。

　少し取っ付き難いところのある野田だが、野田の中に若き日の自分を見るような気がしていた敷島は、『下問（かもん）を恥（は）じず[17]』と年下の者に教えを乞い、中々去りがたく、その後は二人の苦労話等で盛り上がった。最後に北村について何か思い出せば連絡を貰うことで別れた。


　ＪＲ宇都宮駅近くのビジネスホテルに辿（たど）り着いたのが午後十時であった。取り敢えず長旅の疲れを癒やすためにシャワーを浴びた。廊下の自販機から缶ビールを取り出し、狭い部屋のベッドの端に腰を掛け、明日のスケジュールを練ったが、大阪に帰るだけであった。空き缶を握り潰し、ベッドに仰向けに寝転び、

「長い一日やったなぁ。でも収穫も多かった。やっぱり、現場百篇やなぁ……」と酔った頭で、収穫を整理し始めた。

「ハッキリしたことは、町田泰三は堺泉北ニュータウン誘拐殺人事件には関係していない、と云うこっちゃ。町田がこれまでどこかで何人かを殺（あや）めて来たのは確かやろうけど、堺の事件はやっていない。町田のこれまでの手口と違う。残念かどうかは分からんけど。ただ、俺が町田を撃つ前に名和が「町田が首カッターを買いに来た」と云ったのが矢張り引っ掛かるが、これは帰って名和に当たるしかない。名和は、どうなんや？　あいつは、木

村から首カッターの製作を依頼されて造っただけやろう。誘拐殺人をする動機が無い。金に困っていたのは事実だろうが、犯人は金を要求していない。名和は快楽殺人を犯すタイプでもないしなぁ。そうなると、確たる動機は無いにしても、北村には警察への復讐という動機がある。しかし、復讐が誘拐殺人には結びつかんし、証拠は全くない。一番キレイや」と寝言の様に呟いていたと思うと、突然、携帯をとり中田恭子に電話した。十度目位の呼び出しに、いきなり、

「こんな遅くに何?」と不機嫌な声が飛んできたが、酔っ払いの敷島には通用せず、

「ゴメンねー。見知らぬ土地での独り寝は寂しくてね、ついお嬢さんの声が聴きたくなってね」と巫山戯(ふざけ)ると、

「もうー。いい加減にしてよ!　話は何?」と一括され、

「今日は恭子ちゃんのお陰で一杯収穫があったので、お礼がてら明日ランチでもどうですか?　お忙しいところ申し訳ないです」と云うと、

「明日は休みよ、土曜日でしょう。私も明日東京へ出る用事があるので、十二時に丸の内北口で待っているわ。栃木で寝過ごさないでね」と案外簡単に成就(じょうじゅ)した。電話の後も寝つけずに、いつものようにメビウスの輪を駆けずり回った。

翌朝、宇都宮駅を発ち、午前十一時に東京駅丸の内北口で出札した。東京には二十年近

く来てない敷島は、真っ先に皇居を目指した。高層化に加え斬新な意匠（いしょう）を競い合うようなビル群を見回したり、見上げたりする内に、以前と変わらない日本美に溢れる城壁と櫓（やぐら）が威風堂々と存在感を誇示し現れた。堀を挟んで巽櫓（たつみやぐら）を見渡す場所に悠然（ゆうぜん）と立ち尽くし、「時間に余裕があったら皇居を一周りするのになぁ」と何時（いっ）しか心は東京観光に来たお上りさんになっていた。坂下門の手前で左折して二重橋に向かい、その造形美に見惚（みほ）れ乍ら、その上を前騎二頭に四頭の輓馬（ばんば）を繋いだ儀装（ぎそう）馬車が華やかに走って行くのを想像していた。腕時計は十一時四十分を指していた。足早に桜田門の方へ歩を進め、一礼して踵（きびす）を返し東京駅に向かった。

丸の内北口の構内に、シックなキャメルカラーのコートを上品に着こなした中田恭子がスマホをいじりながら待っていた。

「遅刻、遅刻！　寝坊したのでしょう」と敷島を一方的に子ども扱いして、腕を引っ張りながら新丸ビルに誘導した。

「此処の5階に美味しいお店があるのよね。でも少しお高いし、独りではねぇ……」

「はいはい。分かりました。大変お世話になっておりますので、何なりと」と敷島は恭子の甘ったるい誘いにすんなり応じた。土曜日の買い物客やビジネスマンで溢れるレストランフロアーのフレンチ店に入った。偶然にも、大きな窓ガラスを通して東京駅が正面に見える席に案内され、恭子の顔は喜びに満ち溢れていた、こんな顔は滅多に見せないのだが。

メニューを選択しながらランチコースを注文した。

「どう？　ロケーションも良いでしょう。料理も美味しいのだから……」と弾けるような恭子を前にして敷島は、

「ご満足頂けて恐悦至極ですが」と畏まると、

「何、それ？」と吹き出しながら、運ばれて来たワイングラスに口をつけ一口含んでから、

「分かっているわよ。無粋な仕事の話をしたいのでしょう？　どうぞ、始めてください」と敷島の目を見入った。敷島は、ワインで喉を充分潤してから、昨日の豊富な情報を要約して話し、

「町田泰三は、誘拐殺人事件を含め色んな事件に関わっている、というか犯人だと思うが、大阪堺の泉北ニュータウン誘拐殺人事件には関わっていないと思う。それは、町田が過去に犯した犯罪の手口と堺の事件の手口が、同一犯とは思えない。それは、町田は『首カッター』を一度も使用したことが無いからだ」と料理が配られる合間、合間に話し、恭子に同意を求めた。中田恭子は、正面の陽に映える東京駅舎をジッと見つめながら、

「亮介さんの、町田に対する推理は恐らく当たっていると思うわ。でも、これだけは言っておくわ。行方不明者のうち、全く所在不明の者は数千人に達するわ、遺体が発見されれば、本格的な捜査が始まるけど。発見されない遺体も数知れないのよ。ひよっとして、そんな中に、首カッターが死因の遺体がどれだけ隠れているかは分からないわ。町田にとって

は、偶然に遺体が出て来ていないだけかもしれない」と同意したのかどうか、曖昧(あいまい)なまま敷島を諭した。敷島は更にワインを煽(あお)りながら、

「それを言われちゃお終(しま)いだけど。後は町田本人に聴くしかない訳だけど、奴は死んどるしなぁ。大体、恭子ちゃんが奴を紹介したんだぜ……」と泣きを入れると、恭子はムッとして、

「私が紹介したのは、透視家としての町田よ。彼の犯罪歴とは関係ないと思いますが」と冷たく言い放った。敷島は慌てて、

「いや、そう云う積もりで言ったんじゃない……、悪かった」と謝りながら、

「北村の養父の事、分かったかな？　それに、藤本泰三の件も」と懲(こ)りずに恭子に浴びせた。暫く、俯(うつむ)き加減に目を伏せていた恭子が、

「ワイン。フルボトルで頼もうか！　今日は高くついても仕方ないわよね」と既に赤みの帯びた顔を綻(ほころ)ばせた。

「北村俊介の義父については、案外簡単に分かったわ。まぁ、警察もそんな素性も分からない人間を簡単には採用しないでしょうからね」と紙片をフェラガモの黒いバッグから取り出し、それを目で追いながら、

「義父の北村清一、七十五歳は大阪の池田の素封家で、初代北村善右衛門から十代目を継ぐ名家。北村善右衛門は小売業から身を立て、徐々に土地を買い集め、清一の時代には莫

大な不動産を所有し、不動産収入の他、投資家としても名を馳せている。その関係もあって地元の政財界には多くの繋がりが有るようね。北村家は子供も五人成長しており、後継ぎも決まっているが、木村翔こと北村俊介を養子に取った。この経緯は定かじゃないのだけど、清一は、自害した木村善一に何らかの恩義があったのではないかと思われるのね」

と情報を開示すると、敷島は眉間(みけん)に皺(しわ)を寄せながら、

「十代目北村善右衛門、清一。どっかで、聞いたことがあるような……。まぁ、清一については帰って当たってみるが、そうすると、北村俊介は義父から離れて、東京で、一人で大学生活を送り、大阪府警本部に入ったってことだよね。その時には、警察に対する不満等は一切口にせず……、栃木の容疑者情報も知られずに、ましてや殺人者木村善一の息子とも知られずに……」と溜息交じりに云うと、恭子は、

「いいえ。警察は全てを知っていたと思うの。当然に書類には残せないけど、上層部の一部は知っていた筈よ。それを義父が何らかの手を使って……。まぁ、この辺は憶測を出ないけどね」とショッキングな事を平然と話した。敷島は益々訝(いぶか)しく、

「町田も謎だらけやし、北村も、これまた謎のオンパレードや。何で俺がこんな連中と捜査チームを作る羽目になったんや。挙げ句の果て、俺が犯人にされてしもうたぁ」と泣き言を並べると、恭子は、

「一番謎が無く、決定的な目撃証拠がある。犯人とするには明解じゃない」と皮肉たっぷ

りに囁いた。それでも敷島は、北村に対する己の疑問を恭子に聞いて貰いたく、

「北村は、実父が使った凶器が首カッターであることを、栃木の取調の時も勿論、舞洲のヘリポートでの名和が『木村さんから注文を受けた』という発言までは、全く知らなかったと、俺に言った。しかし、北村がもし実父の使った凶器を知っていたなら、栃木事件も堺の泉北ニュータウン事件も北村が関係しているかも知れんと思わんか？」と恭子の目を哀願するように覗き込んだ。恭子は醒めた眼差しで、

「北村が、警察への復讐だけだとすると、敷島さんの推理は外れね。北村が児童に対する虐待、偏執的な異常者だとすると、案外当たっているかも」と分析して見せた。敷島は苦笑しながら、

「もし、北村が異常者だとしたら、八年前の堺泉北ニュータウン事件以降、事件も起こさず我慢できるものか？　それに、一番身近にいた俺は、北村が異常者だなんて全く信じられんよ」と恭子に強く迫った。恭子は顔色も変えずに、

「確かに、以降は首カッターまたは同様の器具を使った殺人事件は発生していないみたいね。町田の時でも話したと思うけど、殺人を犯しても遺体が出ていないことも有りうるのよ。ただ遺体が出て来ていないだけかもしれないのよ。ましてや、警察官の立場を利用すれば、遺棄を発覚されないよう偽装すること位は簡単でしょうし、簡単に捜査の網を潜れるでしょうから」と言ってのけた。敷島は呆れた素振りで、

「恭子ちゃん。君って恐ろしい人だね！　その論法で俺を犯人に仕立てたじゃないだろうね！」と半べそをかき、今更ながら『後生畏るべし[18]』と心の中で呟いた。

最後にデセールとして運ばれたクレームブリュレに陽気に舌鼓を打つ恭子を尻目に、手も付けず茫然と恭子を見詰める敷島には、宿題として残された多くの謎がのしかかっていた。

東京駅丸の内北口で、先程迄の論争がなかったかのように、

「今日はご馳走様。また、東京に来たらお願いね！　有難う。それから、藤本耕三の件はもう少し時間頂戴ね」と恭子の屈託のない表情と別れたのが、午後二時半であった。敷島は、帰路に着くべく新幹線乗り場に急いだ。缶ビールと夕食用の深川弁当を買い込み乗車した。缶ビールのブルトップを開け、卓上に不安定なまま置いた時、電車が動き出した。新幹線のぞみが、正しく文字通り滑るように動き出したが、缶が倒れることはなかった。今まで、この様に、新幹線に感動を覚えたこともなかったが、品川駅に着く頃には、その感動も失せ既に眠気に勝てなくなり、多くの整理しなければならない物事を頭の片隅に置き去りにした。

名古屋駅を通過して暫くして、携帯に電話が入った。山崎良子からだった。車内でもあり、手短に、

「只今、電車での移動中ですので、一時間後位に私から電話入れさせて貰います」と云っ

て切った。調査の請求額が高いと云うクレームが一瞬脳裏を横切り、少しの値切は覚悟した。

関東での情報を再確認しようと意気込むのだが、朦朧とした頭は、先程迄会っていた中田恭子の変身ぶりに思いを馳せ、

「絶対、何かあったんや。あの子があそこまで変わるのは、ただ東京ナイズしたからやないよな。仕事やないいなぁ。男やなぁ」と頼まれもしない憶測を拡げてニヤつきながら新大阪駅に到着した。

地下鉄への乗り換え口迄の人目につかない場所で、山崎良子に電話を入れた。

「先程は失礼しました。東京からの移動中でして……。請求額に何か……」と恐縮しながら用件を尋ねると、

「お忙しい事で何よりです。娘祥子と会って参りました。そして、最期を看取ることが出来ました。娘も会えて大変喜んでいました。敷島さんのプロとしての計らいに感謝しています。大変有難うございました。これで子供との蟠りも残すこと無く。お互いが幸せな時間を過ごせました。本当に感謝しています」と涙ながらに礼を述べた。請求額の事を考えていた己の小ささに恥じながら、

「そうでしたか。ご愁傷さまでした。お気を落とす事なくお過ごしください。少しでもお役に立てて光栄です」と返すのが精一杯で丁寧に電話を切った。翌日、銀行に山崎から

三十万円が振り込まれているのを確認した。
敷島の探偵としての初仕事は、聴き取り調査には臆することも無かったが、人間の機微の難しさを痛感させられた異質の仕事であった。いや、行方不明調査とは、そういうものかもしれないが、取り敢えず決着を見た。

関東から帰って二日目の早朝、旅の疲れも十分癒やされ、アルコールも抜けた穏やかな表情の亮介は、調査料で仕入れた上質のコロンビアコーヒーを口に含みながら、今後のスケジュールを書き留めようとボールペンを指で弄(もてあそ)びながら、
「まずは、西淀川の名和工業の名和やなぁ。まぁ、こいつは誘拐殺人には関係しとらんと思うが、町田に発した『首カッターを町田が買った』と云った真意と、町田との関係性やなぁ。続いて北村俊介の養父、資産家の北村清一。養子にとった北村俊介をどのように育てたか、俊介はどんな人物だったか、やな。後は、藤本耕三か。こいつは全く分からん。中田恭子からの連絡待ちやなぁ」とブツブツ口の中で喋りながら、椅子の背に大きく凭(もた)れては机に向かう動作を繰り返し、三名の名前を書き留めた。

珍しく、ゆっくり朝食を摂った後、スーツ姿に身を整え、師走の冷たい空気が充満する外へ、ハーフコートを纏い飛び出した。地下鉄阿波座駅から野田阪神駅で阪神電車に乗換

え姫島駅で降りた。地名から「さぞや、姫が多い町」という根拠のない期待感も、幹線道路に沿って吹く強風に掻き消されコートの襟を立てて進んだ。間もなく姫島五丁目の交差点で左折し、名和の工場を目指した。流石にこの時間帯は方々から叩いたり、磨いたり、の金属音が響き渡っていた。薄汚れた名和の小さな工場からも金属の研磨音が神経を逆なでするような音を立てていた。シャッターを半分閉めかかった工場に入り、部分照明に舞っている塵に呆然と立ち尽くしながらも、入り口近くに居た若者に社長を尋ねた。若者は二階に居ると階段を指した。

　スチール枠の簡易なドアーを軽くノックして入ると、名和は見覚えが有ったのか、

「これは。刑事さん。また、何で……」と云いながら、折り畳みのパイプ椅子を敷島の前に差し出し、座るよう手招きした。

「ご無沙汰しています。覚えて頂いたようで。少しお話しを伺っても構いませんか」と敷島は丁寧に申し入れた。

「噂によると、犯人として逮捕されたそうで、大変でしたなぁ。あの事件以降、私には警察からの呼び出しも無く、今に至るまで一切情報が入って来ませんでしたので、状況を今一つ把握できていませんが、知ってる事は何でもお話ししますよ」と名和は殊勝な態度で応じた。

「私は、犯人として三年間刑務所に入っておりました。しかし、あの事件は謎が多く真相

を探りたいと思い、今日訪ねて来ました」と心にもない事を糸口として、

「名和さんが舞洲へリポートで町田泰三と待ち合わせした時の詳細について教えて欲しい。まず、直前に一度待ち合わせ場所を変更したわなぁ。何でかな?」と敷島が意地悪く聞き始めると、名和は勘弁してくださいよ、という身振りで、

「あの時は、町田が悪人、罪人だと思っていましたから、下手したら痛い目に遭わされると危惧して、出来るだけ一人で来させるように、咄嗟に思いついただけですよ。それに、製作依頼者の名前を聞くためにだけで、そないに大掛かりになるとは思ってなかったので、怖なりましたわ」と応えた。敷島は顔色も変えずに、

「そうですか。次に、名和さんが首カッターの製作依頼者は木村善一と云った後に。町田に、お前が買いに来たやないか、と云ったことについて詳しく聞かせて欲しい」と云うと、名和はただ本当の事を言った迄と云う顔で、

「以前にも話しましたけど、もう十数年前に木村さんの依頼で、確か、庭の樹木の手入れ用とかで、図面に従って作りました。そんなに手間のかかるモノじゃなかったので、数時間で作れましたよ。連絡すると直ぐに木村さんは持って帰りましたね。それから、十年以上経って、町田が買いに来た。もう、作ったことも疎覚えで、図面を探し出し、二日後に取りに来るように言ったら、取りに来ましてね。これや！　云いながら喜んで持って帰りましたよ。ただ、それだけですわ」と淡々と話した。なおも黙って聞いていた敷島は、

「そこが、大事なとこなんやなぁ。木村には何個渡したんかなぁ？　それと、町田が買いに来た日時を思い出て欲しい。それから……、その器具が殺しに利用されたことを名和さんは知ってたんか？」と順序立てて核心に触れると、名和は作業日報のような書類のファイルを取り出し、慌てて頁を繰りながら、

「木村さんには、当初注文通り三個。それと……、町田に渡したのが、平成二十七年八月二十日ですね。あの器具が殺人に使われたと聞いたのは、二十七年九月に刑事さん達が突然乗り込んで来て、初めて知りましたよ。私が作った器具の話なんか、ニュースにも一度も出て来んかったしなぁ。でも、あんな器具は原理さえ分かれば誰でも一日もあれば造れまんがなぁ。不謹慎やけど、考え付いた木村さんの構想力には今更ながら恐れ入りますよ。そやけど恐ろしい話や」としどろもどろで余計な話まで付け足して喋り終えると、険しい表情に変わった敷島は、

「おかしいなぁ！　その日時は確かなんか。町田がこの工場の事を透視したと云ったのは、町田の雇用期限間近の九月末やぞ。それ以前の八月に町田は透視して、自分で確認しに来たと云う事かいなぁ？　いゃあ、町田は何を考えてたんや！」と椅子から立ち上がり窓越しに、階下の薄暗い工場での作業を茫然と見下ろしていると、名和が、

「九月の末に、刑事さん達が突然来た時に、町田も一緒だったが、初めて会うような顔をして居たけど、いきなり警察に向き合う恐怖と、何らかの事情が有るのや……と、それに

は触れられんかったなぁ」と敷島の疑問を払拭した。

名和社長に丁重に礼を告げ、工場の外に出た。周囲を見渡しながら胸ポケットからキャメルを取り出し銜えた。少し歩きながら、近くの公園にベンチを見つけ座り込んだ。

「そう簡単に事件が解決するようだったら、三年前にとっくに解決できていた筈や……。でも、名和に会ってハッキリしたことが有る。名和は器具を造っただけに過ぎない。木村は三個の器具を、ホステス二名の殺害、ＪＢＣ会社大阪支店長殺害未遂（大阪府警に保管）に使い、名和の証言と合っている。名和が造った器具は全て使用されており、堺の未来君殺害には、犯人が自分で造った可能性が大や。それと、町田は何れにしろ、未来君殺害時期には凶器を知らなかったし、持っていなかった。未来君事件には恐らく関わっていないと考えられる。しかし、アリバイ及び不在証明のエビデンスは難しい」と何度も繰り返すロジックを、今日の収穫で再確認したに過ぎないが、

「それでも、一歩前進やなぁ！　久し振りに野田阪神で飲むか！」と持ち前の気分転換の速さで、ベンチから勢いよく立ち上がり、海からの強風にコートを靡かせながら、タクシーを拾い野田阪神駅を運転手に告げた。

駅前で降り、昼にもまだ早い時間帯に開いている店を、昔の記憶を辿りながら探しあてた。立ち飲み屋だが奥に二人掛けのテーブルがあり、そこでコートを脱ぎ、少し気分が落ち着くまでの間だけと、己と約束を交わし、寒いのに生ビールから始まった。生ビールを

一気に飲み干し、はたと、胸ポケットから手帳を取り出し、北村の養父である北村清一にアポを入れた。是々然々の件でお話を伺いたい旨申し入れると、誰かは分からないが、少し時間を置いて、明日の午後四時、池田の北村邸で会える約束を取り付けてくれた。

昼前から飲み始めた亮介だが、一人で飲む虚しさを覚えるばかりで、ついには、その虚しさが何処から来るのか自問自答し始めた。

「確かに出所以来、何かを果さねばならないという圧迫感がいつも頭のどこかに重苦しく巣くって居る。併し、その重苦しい圧力が何処から来るのかについては、それを尋ねようとはして来なかった。いや、己で己を刺激することが怖かったのかも知れない」と彷徨する心中を吐露したかと思うと、何故か人目も憚らず涕泣した。

昼過ぎに、店を変え飯屋に入った。ランチ時間のサラリーマンに交じり、四人掛けテーブルに一人で、先程の涙はどこに流してきたのか、鰻の蒲焼を肴に熱燗を美味しそうに飲んだ。その後も店を変え延々と飲んだようだが覚えていない。はっきりしているのは、タクシーで午後七時頃には事務所に辿り着いたこと。

コート、上着を脱ぎ棄て、ソファに仰向けに沈んだ。そして、久方振りに恐怖の夢が亮介に覆い被さり、苦悶のあまり目を開いた。午前一時だった。汗まみれになった体からネクタイ、シャツを取り解きアルコール浸りの体を解放して再びソファに倒れ込み、天井を見詰めながら先程の夢の謎解きに時間を費やしたが、酔いの影響もあったのか、いつもどおり闇の中のまま眠りに落ちた。

　何処から鳴るのか微かな携帯音が亮介を幻の世界から現に引き寄せた。午前十時過ぎだった。携帯音は脱ぎ捨てられてあった上着の胸ポケットで、振動しながら主の出るのを息絶え絶えに待っているようだった。徐にその携帯を手に取り、

「はい。敷島です」と発すると、朦朧としている亮介の目を覚ますような快活な声で、中田恭子が話し出した。

「まだ、寝てたの！　二日酔いかなぁ？　藤本耕三の件だけど、今お伝えしても大丈夫ですか？」と相変わらずの察しの鋭い切り出しに、亮介は平静を装いながら、

「はい、はい。大丈夫だよ。ゆっくり聞かせてくださいなぁ」と応えると、

「藤本耕三ね。この男は中々の曲者よ、と云うか切れ者ですね。という予断を持たずに聞いて欲しいのだけど、藤本耕三五十四歳、兵庫県出身。地元名門高校から東大法学部卒業。キャリアとして警察庁に入っている。将に、警察官僚ＯＢね。ここからが、凄いのよ！」と勿体ぶる恭子に敷島は、

「何でもご馳走させて貰いますから、先を続けてよ！」と哀願すると、

「電話では何だから……、掻い摘んで言うわね。藤本は、関東で起こった児童誘拐殺人事件の担当をしていた時、数年かかったが犯人を炙り出したのよ。しかし、起訴されずに、今

でもその事件は迷宮入りなのだけれど。その時に、地検と起訴・不起訴を巡って一騒動あったみたいで、結局辞表を叩きつけて辞職しているのよね。そして、二年後に地元の兵庫県で県会議員に初当選し、現在に至っているの。ここまでなら、よく有る話だけど、その当時の東京高等地検に現大阪地検のトップ滝田検事正がいたのよね。二人は周知の間柄だったらしいのだけれど、それ以上の具体的な関係は掴めなかった。私の憶測だと何かあるわね」

と滔々と話した。藤本が堺の新谷未来君誘拐殺害事件に絡んでいると思っていた敷島は、意外な話を聞き、動揺を隠せず、

「藤本は真面なんかいなぁ？　そやけど、堺の事件の時のアリバイは有るんかいなぁ？」

と呆然と立ち尽くしながら口走った。恭子は鼻で笑うかのように、

「何、言ってるのよ!!　まず、未来君誘拐殺害の動機が全くないし、それに警察ＯＢよ」と説き伏せようとしたが、

「俺は、現職警察官で逮捕されたんだよ！」と敷島は気色ばんだが、その自己弁護に虚しさを覚えたのか、

「藤本の件については、こちらでも少し調べてみるわ。それから東京に、お礼方々お伺いします」と素直ではないが、次に繋がる対応をして電話を切った。

　まだ完全に覚めやらぬ頭を数回廻しながら藤本耕三の調査方法を思案したが、中田恭子以外の協力者は存在しないと改めて知らしめられたばかりか、己の味方の少なさが、藤本

もそうだが、この後会う北村清一からも、言い知れぬ重圧となって己に圧し掛かってきている事を感じざるを得なかった。

梅田地下食道街の立ち食い饂飩で、遅めの腹ごしらえを済ませ阪急電鉄梅田駅に向かった。梅田から三十分程で池田駅に着いた。道中、まだ見ぬ相手との面談から逃げ出したい程緊張していると思いきや、頭の中は落語の「池田の猪買い」を思い描き、帰路に猪鍋を食べる事で充たしていた。これは、敷島の身に付いた緊張緩和の方法でもある。

池田駅からタクシーに乗車し指定された住所を告げると、

「北村御殿ですね」と運転手が応えた。市街を通り抜け、やがて小高い丘を上り始め、中腹をグルッと一周して大きな門の前で停まった。車を降りて、訝し気に周囲を見渡していると、門が内に開かれ三十代の屈強な男が現れ、

「敷島さんですか。お待ちしておりました。どうぞ此方へ」と中に案内された。玄関に至るまでに、手入れされた庭園を両サイドに見ながら、敷き詰められた小石に足幅ほどの間隔で埋め込まれた飛石の上を、雲の上を歩くような面持ちで進んだ。木造ではあるが重厚な玄関扉を男が開け、先に進みながら部屋に案内された。二十畳はあるような広い洋間で、外気との境界は窓一面のガラス張りで、そこから暖かい陽が差し込み、眼下に市街が一望できる居住空間は、敷島を畏縮させるには充分であった。

暫くすると、お茶が運ばれてきたが、本人は現れない。焦(じ)れながらソファから立ち上がり、窓辺に寄りガラス越しに市街をゆっくり見渡し、青く透明な空から差し込む陽(ひかり)に軽く眩暈(めまい)を覚えながら目を下に移した。その時、ドアーが不意に内側に開き、和装の男性が現れた。

「どうも、どうも。お待たせしました。北村清一です。いや、北村善右衛門と云った方がいいのかな」と顔相を崩しながら名乗った。その出で立ちと雰囲気に『徳は事業の基なり[19]』を地で行く様(さま)に圧倒されながら、

「お忙しいところ、時間を割いて頂き恐縮です。私は敷島亮介と申します。以前、御子息の北村俊介さんと仕事をしておりました……」と堅苦しく自己紹介をする敷島に、北村は、

「いやいや。そう固くならんかって、ざっくばらんで結構ですよ。それで、私に何をお聞きになりたいのかなぁ?」とやんわり催促した。

「それでは、単刀直入に伺いますが、北村俊介、いや、木村翔さんを養子に受け容れた経緯(いきさつ)と彼のこれまでの養育方法について、お聞きしたい」と申し入れると、北村は大きな窓ガラスに目を移しながら、

「ほほう。なかなかプライベートな事やなぁ。それは秘密にしておきたいが……、と云うより何故そんな事を今頃聞きたがる?」と敷島には前途多難な幕開けとなった。

「実は、私は北村俊介君の実父の木村善一さんがクレジット詐欺にあった事件を担当して

おり、結果があのような惨い事になり、またその息子さんが同僚となり一緒に仕事をするという、この運命の悪戯というか、偶然を自分なりに納得しないと今後私は前に行けない。という思いから、お聞きしています」と敷島は嘘ではないが本心でもない、大風呂敷を広げた。

「ほう。君が木村善一を死に追いやった、いやぁ失礼、担当の刑事さんですか。それに、息子の俊介を鍛えてくれた……。それなら、差し障りのない程度で、少しお話ししましょうか……」と意外にも簡単に敷島の術中に嵌ったのか、続けて話し出した。

「木村善一君とは、ある仕事で大変お世話になった。彼の卓越した技術力で、失敗しかけたプロジェクトを蘇らせることになり事業は成功した。まだ、彼が五十歳前後の頃で、私も五十代後半だったかなぁ。それ以来、個人的な付き合いが始まった。と云っても、仕事の話は抜きで、趣味の話を肴に酒を呑む良い友だった。惜しい人物を亡くした……」と言葉が詰まったところに、敷島が誘い水をした。

「それで、木村さんの息子さんを養子に迎い入れたと云う事ですか」と聞くと、北村は頭を横に振りながら、

「いゃ。美化されては困る！　実際、私は木村君が亡くなったのを半年も後で分かった。連絡が取れなくなり、調べさせたところ、その事実が分かった。その間、私は友人に何もしてやれなかった。奥さんも亡くなり、家族は壊滅した。そんな中、十六歳の息子さんが路頭

に彷徨(さまよ)っていると云う話が耳に入って来た。せめても、友人の恩に報いたいと思い、木村翔君に養育費を渡す話をしたが、養子になって名前も変えたいと、強く乞(こ)われた……」と黙りこくった。再び敷島は、

「なる程ね。有難うございます。話し難い話をさせてしまって。ところで、翔君とは、その後、どういう様な関係になったのでしょうか?」とドシドシ土足で踏み込んでいくと、いい加減にしろ、との面持ちで北村は、

「いよいよ、佳境に入りましたなぁ。美味しいコーヒーでも如何ですか」とテーブルの受話器を取り注文した。暫く、二人は眼下の景色を、何を観るでもなく眺めていた。敷島が、

「素晴らしい立地ですね！　先祖代々の土地ですか?」と余計な事に嘴(くちばし)を突っ込むと、

「そんな事にも興味をお持ちですか。此処には未だ十数年ですよ。先祖代々の旧家は今も山の麓に残していますが、便利の悪いところです」と素気(そっけ)なく応じているところに、甘い香りをたててコーヒーが運ばれて来た。勧めに応じてカップを口に運ぶと、飲む前から芳醇な香りが鼻を充たし、口に含むと軽やかな酸味とコクが舌を和ませたが、金をかけて高いコーヒー豆をしこたま仕入れているんやろうという、捻(ひね)くれた恨(うら)み辛(つら)みの感情が勝(まさ)った。無表情で口に運んでいたカップをウェッジウッドの白い小皿に丁寧に置いた北村は、

「それでは続けましょうか。翔(しょう)いや俊介君は、見るからに利発な男子で、性格も実父に似て穏やかな好青年でした。養育は殆ど手伝いの者に任せ切りで、私や女房を始め家族はあ

まり関わらなかった。私も節目、節目に話をする程度だった。その方が良いと考えていたのだが、本当の家族の良さを味わわさせてやれなかったかも知れん。でも、立派に育ち、希望通り進学、就職も果たせ、養父としては肩の荷が少しは降りた気がしている。就職してからは、此処を離れ、一切の援助も断り大阪市内に借家暮らしです。まぁ、本当に手のかからない子でしたね、実子と比べて大違いですわ！」と苦笑しながら話した。

「完璧な青年ですね。でも、殺人者の息子というレッテルは如何ともし難く、本人は何かと苦労し、鬱積（うっせき）していたんじゃないですかね？」と北村の逆鱗（げきりん）に触れるのを覚悟で敷島は口を挟むと、

「少なくとも、私にはそういう素振（そぶ）りも見せなかったし、そういう事態は無かったと思う」と冷静に応じた。このまま何も掴（つか）めず帰る訳には行かない敷島は、

「最後に、もう一つ、いや、もう二つお聞きしてよろしいですか？」と目を見遣ると、北村は笑いながら、

「敷島さんは面白い人やなぁ。俊介も楽しませて貰っているんやなぁ。何でもお聞きください」と応じた。敷島は、目力を入れて、

「俊介君の警察への就職にあたって、お父さんから何らかのご尽力がありましたか？」と聞くと、流石（さすが）に寛容な北村も、顔を少し強張（こわば）らせながら、

「こういう仕事をしていると、有難いことに知り合いも多く、勿論警察幹部の方もおられ

ます。何かの会合でお会いした時に、息子の就職を口頭でお願いしましたよ。それは、一般の親も普通にやっている程度のことですよ。それが問題になりますか?」と聞き返した。

「いえいえ。強引にとか、無理やりとか……、と云う事じゃないんですね」と敷島は取り繕(つくろ)った。北村は、

「本当に、挨拶程度のお願いですし、私にそのような力はありませんよ」と困った顔をした。敷島はなおも、

「御謙遜でしょう。絶大なお力を持っておられると拝察しています」と褒(ほ)めたのか腐(くさ)したのか分からない応えをしながら、

「もう一つ、これは非常に失礼な話になるかも知れませんが、俊介君が東京大学在学中に栃木で児童誘拐殺害事件の容疑者になった事があることを、北村さんはご存知ですか?」と愈々(いよいよ)パンドラの箱を開けかけた。今まで冷静な対応を装ってきた北村が、

「君は、北村善右衛門を愚弄(ぐろう)する積りか!」と爆発した。敷島は頭をテーブルに擦り付ける程下げながら、

「すいません。すいません。でも、これは事実なんですよ。私も先日栃木に行って確認してきました。勿論、容疑者と云っても、一度事情聴取を受けただけとのことでした」と弁明すると、北村は、

「そのような、警察にとっては何でもない業務の一つかも知れんが、一般人にとっては、

それが自分の一生を変えてしまうことに成り兼ねないのだよ。敷島さんの木村善一に対する軽々しい対応が、殺人事件に発展させてしまったんじゃないのか！　警察の何でもない行動が、人の人生を狂わすことが多々あるのだよ」と語気を荒げ、逆に敷島を追い込んだ。

これ以上は、平和的な遣り取りは難しいと判断した敷島は、

「今日は、お忙しいところ有難うございました。大変失礼な質問ばかりで、お気を悪くなされたでしょうが、私は決して北村家の方に対して悪意を持つ者ではありません。どうぞお許しください」と当たり障りのない礼を述べて玄関に向かった。どういう訳か、後ろから北村が見送りに付いてきた。敷島は恐縮して、何か言葉を発しなければと思い、

「先程頂いたコーヒーは美味しかったですが、豆は何ですか？」と場違いの質問をすると、少し笑顔を取り戻した北村が、

「コーヒーが分かるんだね。あれは、ブルーマウンテンなんだけど、限定の農園だけで作ったレア物だよ。少し、持って帰るか」と云って、断る敷島の手に二百グラム程を持たせ、敷島の耳元で、

「北村俊介を宜しゅう頼みます」と云って別れた。

帰りのタクシーの運転手に猪料理の美味しい店に行ってもらう様に告げ、座席に奥深く掛けながら、甘いコーヒーの薫りを放つ袋を握りしめ、全く会話にならない、人格レベル

の違いを強烈に感じさせられた面談を振り返りながら、ふと以前に同じような状況が有った事を思い出した。大阪地検へ乗り込み滝田検事と会った時の事を思い起こしていた。

タクシーは高台を下って、駅からかなり手前の温泉旅館に停まり、

「此処でしたら、美味しいジビエ料理が食べられますし、温泉にも浸かれますよ」と云って降ろされた。一瞬、温泉で泊って行くか！　という誘惑にかられたが「贅沢は敵だ」という古いプロパガンダを持ち出し思い止まった。案内されるままにレストランに向った。館内は夕食の準備と温泉に出入りする客で慌ただしかったが、幸い窓際の四人掛けテーブルに一人で座ることが出来た。牡丹鍋と鹿の刺身を頼み、待つ間に独りで、

「お疲れ様！　敷島はようやる。乾杯！」と己を労いながら、生ビールのジョッキーを傾けた。やがて、鹿の刺身が運ばれて来た。

「やっぱり、生で食べてこそが、ジビエや」と肉片を生姜醤油で口に運んだ。少し歯応えがあるものの喉に溶けていった。「この歯応えこそがジビエや」と初めての生鹿の経験が敷島を高ぶらせ、一流のグルメ評論家にした。牡丹鍋に箸が進む頃には、先程迄の北村善右衛門との圧倒されっぱなしの遣り取りを、少しは癒やせたようだ。

　梅田に、午後八時に着いたが、どうしても、このまま事務所には帰れず。北村善右衛門戦で消費したエネルギーを補充するために、難波のアベベに向かった。

「元気を注入できる曲」をと、珍しく麻里子にリクエスト曲を任せた。既に流れているアートペッパーの織りなすメロディアスなアドリブがリフレインしながらフェイドアウトしていった。カウンターから麻里子が目配（めくば）せした。麻里子が選んだカンフル剤は、いきなりオーケストラのストリングスが、これから始まる飛翔を予知させるかのようにチェロが重低音を奏で、続いて独特の入り方でピアノが揺さぶり始めた。マッコイ・タイナーのフライ・ウイズ・ザ・ウインドである。正に天にも駆け上がって行けるようなエネルギーを敷島に注入すべく、麻里子のグッドな選曲であった。

　何時（いつ）ものように、演奏中は眼を閉じ、夢遊病者の様に体を激しく揺すったり、パタッと止まったりを繰り返していたが、今夜は特に激しく揺れた。しかし、アルバムが終盤に近づくと、また何時ものように、眼を開け姿勢を正しエンドを迎えた。席を立ち、麻里子に、「有難う。いいアルバムやった！　悪いけど、明日午前中に事務所に来てくれへんか。相談したい事がある」と云って、重い扉を開け出て行った。階段を駆け上がり、横の狭い路地で、キャメルを銜えた。然（さ）したる見通しもないまま、「さぁ！　明日から勝負や！」と己を再び鼓舞しながら帰路に着いた。

　師走終旬の朝は、重い帳（とばり）を引きずるように明けきれずに淡いグレーに染まっていた。冷やされた空気の中を、あちらこちらで白い息の蕾が弾け始める。麻里子が白い息のオーラに包まれながら現れた。

「少し、早かったかなぁ。昼から用事があるので、早めに片付けたくて……」とドアーを開けるなり投げかけて来た。慢性の睡眠不足の亮介は、目を開けてはいるもののソファから起き出せずに居た。

「チョッと待ってね！」と云いながら、麻里子に席を勧め、顔を洗い、身なりを整え始めた。

麻里子が気を利かして、

「コーヒーでも淹れよか」と云ってポットを一口コンロにかけた。亮介が突然、

「高級なブルマンあるのよ！」と、ヒルスブロスの赤い缶から紙袋を取り出し渡した。部屋中が芳醇な薫り充たされる中、二人は向かい合いカップを手に、口に含んだ。

「これなっ。北村善右衛門に貰った物や。エエのん、飲んどるやろぅ！」と亮介が忌々しそうに云い放つと、

「それ誰？」と麻里子に冷たく聞き返されると、亮介は然もありなんとばかりに、兵庫県庁で藤本耕三に逢ったことから、関東出張、昨日の北村善右衛門迄の云々を、時間をかけて説明した。亮介の熱弁を茫然と聞いていた麻里子は、

「そんなこと、私に話して、それって、守秘義務違反じゃないの？」と相変わらずの無表情で厳しい指摘をした。すると、亮介は、

「何云うてんの！　君は、もう、立派なウチの社員やで！」と取り留めのない事を口遊(くちずさ)んだかと思うと、続いて、

「それで、麻里ちゃんに頼みが有るのや。さっき話した藤本耕三を調べて欲しいんや。期限は一週間。成果の是非(ぜひ)に関わらず、調査料として十万円。どうや？」と云うと、麻里子は呆(あき)れ返って、

「あのう、私、社員になった覚えもないし、調査なんて遣ったこともないし、出来る訳ないじゃない！」と拒否したが、亮介は、

「藤本は兵庫県出身の県議や。麻里ちゃんは神戸女学院やろぅ。必ず何か掴めるって！」と全く雲を掴むような事を言いながら説得した。流石の麻里子も表情を露(あら)わに、

「ムリ、ムリ、無理！」と何故、縁も所縁(ゆかり)もない自分にこんな難題を押し付けて来るのか理解できず、手で口元を覆いながら宙を見据えた。亮介は臆せず追い打ちをかけ、

「これは。俺の人間復活に関わる最大のポイントやと思っているが、俺には、藤本に繋がるモノが何もない。おまけに面が割れている。『疑謀(ぎぼう)は成(な)すなかれ[20]』やけど、俺には麻里ちゃんに頼るしかないんやぁ。成否は問わんから。集めた情報だけ俺にくれたらいい。それで、十万円や」と己の人生が十万円程度と云っているような言い草に、麻里子は少し表情を緩めながら、

「分かったわ！　十万円のため一週間頑張るわ」と先程の拒絶反応は何だったのかと思わ

せる程、すんなり引き受けた。この受諾を聞いた亮介は、

「後出しで悪いけど、殺人が絡んだ事件の糾明の一つやから、くれぐれも用心して欲しい。危険を感じたら逃げてくれ」と口元を綻(ほころ)ばせながらも真面目な顔をして忠告した。

「私を殺す気?」とお道化る麻里子に、

「それから、以前、麻里ちゃんに協力してもろた山崎祥子の件やけど、行方が分かり、親との対面も果たしたが、本人は病気で亡くなった。初仕事にしては、辛い仕事やった。麻里ちゃんの協力には感謝しとる……」と神妙に話す亮介に麻里子は、

「そうなんや。家出の理由は何となく想像していたけど……、自殺じゃなくて良かったよ。敷島さんの調査が役に立たんやねぇ!」と同世代の山崎祥子の死をそれほど気にならないような素振りで、窓の外の低い空を見詰めながら話し終えると、

「コーヒーご馳走さん。調査頑張るわ」と云ってブルゾンの上着を着込みながら出て行った。


敷島は、藤本耕三の調査を麻里子に依頼した翌朝、情報源の中田恭子に詳細を聴き出すために、再度東京へ向かった。

東京駅丸の内北口で待ち合わせ、新丸ビルに入った。今回は和食割烹をチョイスした。運ばれて来た食前酒で杯を交わし終えると、いつもなら親父(おやじ)ギャグの一発位は噛(か)ます亮

介が神妙な顔つきで、

「藤本耕三について、もう少し詳しく聞かせて欲しい。時系列で頼むわ」と云うと、

「いきなり！　美味しいお料理が台無しだわ」と微笑みながらもバッグから黒革の手帳を取り出し、

「電話でも話したけど、平成十年前後から栃木を中心として関東一円で、児童の誘拐事件が多発していたの、その解決策として、平成十四年に警視庁は、警察庁から出向しているエリートの藤本を捜査課長として栃木県警に送り込んだのね。藤本は数年という異例の長きにわたる時間を費やして、十数件の誘拐事件を丹念に調査した結果、ある人物が惹起(じゃっき)した連続誘拐事件であると捜査結果を纏めて、管内を説得し、その人物を任意で事情聴取し、逮捕に踏み切ったのよ。途中警察庁からも藤本を本庁に早く帰せという厳命も下ったみたいよ」と話しながら、豪華な皿に綺麗に盛り分けられた前菜に箸をつけた。そして、

「やっぱり、日本酒ね！」と云って辛口の船中八策をオーダーした。亮介は呆気に取られながらも、

「何を飲んで頂いても結構ですがお嬢さん。酔って絡んだり、風紀を乱すことが有ってはなりませんよ」と皮肉ると、恭子は頬を少し緩めながら、

「どこまでお話ししましたっけ。あっ、そうそう。栃木県警は、その人物を逮捕したのだけど、宇都宮地検は不起訴の判断を下したのよね。この不起訴事件は、それでお終(しま)いになっ

たって訳」と意味有り気に杯を口元に運ぶ恭子に、

「それは、ちょっと話がおかしいだろう。藤本は、どこで東京高等地検の滝田検事と衝突する事になるのかなぁ？」と機嫌よく話している恭子の顔を覗き込んだ。

「そこなのよね！　藤本は納得いかず、宇都宮地検に再三掛け合ったが決定が覆ることもなく、自分を所管する東京地検に判断を委ねる越権行為をしたのよね。その時、対応したのが高等地検の滝田検事と云う訳なのよ。勿論、こんな事って在り得ないので、非公式でよ」と顔には出さないが、得意気が語尾を躍（おど）らせた。

「しかし、宇都宮地検の判断を覆すために東京地検に申し出るかね！　全くの筋違いじゃないか。そんな事あり得ないよ。まぁ、それで辞職に追い込まれたんだろうが……」と己の中では消化できない事象に苛立（いらだ）ちを覚え始めている敷島の杯に、慣れた手つきで船中八策を注ぎながら恭子は、

「ここからは、私の憶測（おくそく）も入るけど、関東一円に多発している児童誘拐事件は、警視庁にとっても、況（いわん）や東京地検にとっても重大関心事の筈よね。もし、滝田検事が関心を持っていたなら、藤本と何らかの意見交換、情報交換が有ったと考えて当然よね」と話すと、

「まぁ、滝田検事が関心を持っていたと仮定したら、二人は上手く折り合えるところが有ったかも知れんが？　何故、藤本が辞職することになってしもたんや？」と敷島は畳みかけると、

「何か二人の間でミッションがあったのかも？　否、只のやり過ぎ、越権行為、侮辱行為等で責任を取らされたと考えるのが妥当よね。それで、滝田検事も辞職させた責任を感じ、藤本の政界デビューに力を貸したのかも……」と応えると、敷島は半笑いで形相を崩しながら、

「おいおい！　上手く二人を繋(つな)げとるけど、殆ど推察やろぅ！　それに、その邪推(じゃすい)が正しかったとしたら、藤本は正義感の強い男と云うこっちゃろが。その男が、何で、全く関係のない事件に、『敷島さんは無罪』や云うて、調査を依頼して来るねん？　一体全体、俺とどんな関係があんねん！」と捲し立てた。隣接するテーブル客からの冷ややかな視線を感じながら恭子は、

「まあまあ、落ち着いて！　私には、今のところ情報はこれだけよ。後は敷島さんの仕事でしょ！　お刺身美味しいわよ！」と宥(なだ)めた。云われるが儘に、極上の刺身を、まるで無味乾燥な物を口に入れるかのように箸を運ぶ亮介には、東京まで来て、結局、藤本と滝田検事との二人の間に接触が有った以上の事は解らなかった、という落胆が脳を占拠していた。落ち込んだ表情の亮介に恭子は更に追い打ちをかけて、

「北村警部補の養父にも会って来たのでしょう。北村善右衛門はどうだったの？」と詰問すると、亮介は箸置きに箸を揃(そろ)えながら、

「北村善右衛門は池田に大邸宅を構え、俺ら庶民からしたら羨望(せんぼう)の的だなぁ。木村善一と

は仕事上の付き合いで恩義を感じており、木村家の悲劇を聞いて、息子の翔を養子に迎えたとの事。まぁ、実際はお手伝いさんが世話を見て、善右衛門は金を出したと云う事かな。警察への就職にあたっては、警察関係者に口を利いたようだが、世間一般の挨拶程度との事。俺からすると、善右衛門は阿漕なビジネスに手を出しているかも知れんが、養父としては立派に息子を陶冶した、育て上げたように思うね」と自説を交え説明したが、珍しく恭子が形相険しく、

「何を寝惚けた事を言っているの！　それじゃ、私が提供した情報と何も変わらないじゃない。まさか、北村善右衛門の話を鵜呑みにして来たんじゃないでしょうね。チャンと裏をとったの、元警部さん！」と辛辣に非難した。慌てて亮介は、

「いや、スマン！　只、俺の感想を言った迄で、裏付けはこれからだ。なんせ、慌てて東京に飛んできたものだから……」と弁解した。

「どうせ、池田の猪料理でもご馳走になって、ご満悦で帰って来たのでしょう！」と恭子の辛辣は治まらなかった。全く図星で、将しく、『已むべからざるに於いて已むるは者は已まざる所なし[21]』であると、自虐っぽく赤面しながら取り繕い、

「恭子ちゃんは、相変わらず鋭いね！　勉強になります」と茶化したが、恭子の勢いは尚も止まず、

「中国古典で高尚ぶって誤魔化してもダメよ。もしよ、もし、北村俊介警部補が誘拐犯と

したら、その変質的な残虐な一面は、養子に入ってから形成されたと考えられるんじゃない？　善右衛門いや、北村家は何かを隠していると思わない？　そこを追及しないと!!　私がキツイ事を言うのも、亮介さんのためよ。アナタの無罪を信じているからよ！　アナタの好きな表現をすると『赤心を推して人の腹中に置く[22]』位の気持ちで、相手に臨まなきゃあ！」と云ってのけた。もう、亮介は愚の根も出ず、

「参りました！　中田主任」と云いながら席を立とうとしたが、恭子は、

「仕事の話は、ここまでね！　さぁ、美味しい料理を頂きましょう。船中八策も追加ね！」と傷心の亮介を励ますために敢えて明るく振舞い、席に着かせた。恭子の体全体から迸る強烈な示唆が、尊大な自尊心を秘めた心優しき番犬を獰猛果敢な野獣に変身させたのは明らかであった。

　恭子との楽しくもあり、辛酸を嘗めさせられた時間を過ごし、亮介は大阪への帰路に着いた。

　翌朝、早くからパソコンに向い、北村清一・北村善右衛門を検索して、北村の仕事関係者数名をノートにメモし、片端から面談のアポを入れるが、何れもガードが固く、面識のない敷島に易々と面談に応じようとはしなかったが、「北村善右衛門の件」でと云うと、不思議にも三社が面談に応じた。何か空恐ろしい物を感じながら会いに向かった。

一社目は、大阪市内にある貿易商社、三峰商会である。六十代後半と思しき小柄な社長が応対してくれた。一通りの挨拶を済ませ、

「自分は、今、池田の富豪北村善右衛門の伝記を書こうと調査している」と名乗り、何でも良いから聴かせて欲しい旨を告げると、その社長は、

「北村さんには、先代からお世話になっており感謝しかありません。清一さん個人とも仕事は勿論、会食、ゴルフ等お付き合いをさせて貰っていますが、本当に出来た人で、私達若い者にも気遣いを欠かせませんし、多くの者が育てられたんじゃないですかね」と絶賛した。全く興味を覚えない情報に、敷島は、

「もう少し、何か具体的な出来事をお聞かせ願えれば有難いです」と丁重に申し入れるも、二、三の具体的な善行を話すばかりであり、尚も、

「何か、始末が悪かったような失敗談とか、悪い癖みたいなものはありませんか」と聞くと、

「北村さんの悪い話は聞かんなぁ。まぁ、私らはそんなに深い関係やないからかも知れんがね」と終始優等生の応対をした。

二社目は、市内東淀川にある運送会社、丸辰運送である。作業衣姿で現れた無骨そうな社長に大いに期待したが、これも北村の善行を絶賛するばかりであった。

アポした最後の三社目は市内立売堀（いたちぼり）の鉄鋼商社、安富商会である。質素な応接室にス

マートにスーツを着こなした三十代半ばと思しき若者が現れた。三年前に父親から社長を引き継いだとのことで、北村とは親の世代が大変お世話になったが、自分は年齢も離れており会合や懇親会でお会いする程度、それ程の親交も持たず、エピソードもないとの事だった。ダメ元で、

「北村さんと親しくしている人物を紹介して頂けないか」と聞くと、その若い富田社長は少し逡巡（しゅんじゅん）したものの、

「佐山さんが親しいですね。若い私らには羨（うらや）ましい限りです」とあっさり名前を出した。

「佐山さんは何をされているんですかね？　連絡先が分かればお教え願いたい」と頼むと、胸からスマホを取り出しながら、

「佐山さんは、大幸開発という不動産会社の社長で、開発、宅造と手広くやられています。大した手腕だとの噂です。えーっと、連絡先はここです」とメモ用紙に連絡先を書いて渡してくれた。お礼を述べて社屋を出て、紹介された大幸開発に、今から行きたい旨のアポを入れると、意外とすんなり受け入れられた。大幸開発は、此処からそう遠くない、御堂筋沿いの難波である。ウインドゥに物件案内が貼り詰められている不動産屋のイメージとは程遠い瀟洒（しょうしゃ）なビルに在った。

　無人の受付で、受話器を取り用件を申し出ると、間もなく女性が現れ、5階の応接室へ案内された。大理石の壁、床に革張りの応接セットが配置されておりシンプルではあるが

贅(ぜい)を尽くした部屋である。暫くして、

「どうもどうも、どうしました？　突然、会いたいとのことで、社長の佐山です」と軽薄そうな話し方ではあるが、高級な仕立ての良いスーツを着こなし、縁のない銀色の眼鏡をかけた知的な相貌(そうぼう)の六十代前後の男が現れた。一通りの挨拶を交わし、安富商会の富田社長から紹介された旨を伝え、

「北村清一・善右衛門さんの伝記を書こうと計画しているのですが、何か面白いエピソードのような物が有ればお聞きしたいのですが」と単刀直入に申し入れると、佐山は、

「ウーン。そうね。私共は不動産関係を営んでいるものですから、北村さんのご自宅とか、所有の不動産についてご相談させて貰っていますので、かなり親密な関係にはなりますが、北村さんが関わっている大きな開発事業等には、未だに絡ませて頂けませんね」と聞きもしない情報を述べた後、

「汚い事に手を出す人ではないし、義理堅い人ですので、多くの信奉者が居りますね。是非、一緒に仕事をしたい見たいなぁ。まぁ、私もその一人ですなぁ。そうやなぁ、長いお付き合いさせて貰っていますけど悪い評判は聞かんなぁ。ただ、新地に誘って二人で呑むことが有るが、女性は好きな方ですなぁ。と云っても変な噂は聞かんけど、親身に相談に乗ったりしているなぁ。まぁ、放っておけない性格やなぁ」と佐山は北村の人間性を表すエピソードを滔々と話した。初めて求めている情報を得た敷島は、内心ほくそ笑みながらも惚(とぼけ)

けて、

「北新地は高いんでしょうね！　どのようなお店に行かれるのですか。顔も障すでしょうから……」と云うと、佐山は、

「アカンアカン。それは秘密やがなぁ。まぁ、教えても問題はないから、ヒントやるわ。最近通っているのは、本通りのビル四階に、二年前にオープンした小ぢんまりしたクラブやな。まぁ、ここ迄やなぁ！　もし行ったら、佐山が宜しゅう云うてたと、伝えてよ！」と初対面の相手にかなり大柄な、慣れた話し方をする人物であった。

　結局、北村善右衛門を知る四人に当たったが、北村の悪評はおろか人間的瑕疵の欠片も得られなかった。

「やはり、善意の塊の人物で、木村翔を北村俊介として立派に育て上げたと云うのが本当のとこか……」と思案しながら時計を見ると、午後四時過ぎになっていた。今日は早朝から駆けずり回り、聞きたくない話をタップリ聞かされたが、自分の求めているものは得られなかったという侘しさが込み上げてきた。どうせ、気晴らしで呑むのなら、佐山が話していたクラブにでも行くか、と財布の中身を確認した。地下鉄難波駅から梅田に向かい北新地本通りに着いた頃には、薄暗くなり始めていた。

「北新地か。敷居高いなぁ。新地本通り云うても、広いし、高級スナック、ラウンジ、クラブばっかりやないかぁ。ヒントは四階に二年前にオープンした店だけや。まぁ、時間も

早いし、駅前ビルで時間を潰すか」と人の流れに逆行して駅前第二ビルに入った。食堂街は、既に会社帰りのサラリーマンで賑わっていた。少し客の疎らな店の暖簾を潜り、カウンターに手を置きながら、短冊に書き並べられたメニューを見渡したが、まずは、生中とおでんを注文した。ビールを口に運びながら、北新地が活気づく迄の二時間程をどう過ごすか思案した。昔だったらジャズ喫茶に入れば直ぐに時間は消費できたが、今は無くなっているし、と思いながら二杯目を注文した。横に立っている中年のサラリーマンが何か話しかけてきたようだが、無視しておでんを突いては杯を運んだ。少し飲み足りなさを感じたが、朝からの歩き疲れか、座りたくなり、お初天神通りのジャズバーに向かった。低層ビルの最上階にあるその店は、敷島にとっては思い出の詰まった馴染みの店である。カウンターに座り、ジントニックを飲みながら軽やかに流れるデキシーランドジャズに身を任せた。心身ともに解き放たれ、美味しそうにキャメルを燻らすまでには、それ程時間を要しなかった。午後七時から始まる生演奏の準備のため、奏者が楽器調整、位置確認等でざわつき出し、やがて、ピアノ、ベース、ドラムのトリオでの演奏が始まった。出だしは、エリントンの『スイングしなけりゃ意味がない』が軽やかに、自分の背中越しに奏でられた。気が付かなかったが、途中からボーカルも交え、更に客の手拍子も加わり、さながら歌声酒場の態であった。三十分の生演奏を聴き終わり、席を立ちレジに向かった。レジの奥からマスターが軽く目配せしながら会釈した。

「久し振り！　ご馳走さんでした」と店を後にした。

酔いと音楽からか、足元が軽やかにステップを踏むように、夜の街北新地へ向かった。

新地本通りに入り、直ぐに、雑居ビルの前に立っている蝶ネクタイの若者に、

「ここ二年位に、四階でオープンしたクラブ知らんかな？」と声を掛けると、

「凄い謎掛けやなぁ。私はまだ駆け出しやから分かりませんわ。アソコの前に立っている人なら分かるかも知れんわ」と若者は二十メートル程先の男を指した。少し歩いて、その指された蝶ネクタイの男に、

「すいません。ここいらに、二年ぐらい前、四階にオープンしたクラブを知りませんか？」と訊ねると、男は、

「ええ店あるけど、寄って行きませんか？　あきまへんか。最近は不景気で閉める店は五万とあるけど、新規開店は殆どないよ。ましてや、クラブなんか……、一寸待ってよ、Rビルにあったなぁ。いや、あれは一階やなぁ。四階なぁ……、此処から遠いけど、ずーっと、東へ進んで御堂筋に当たる手前の雑居ビルの四階に店があるな。名前はフニャフニャみたいな感じやったけど、よう分からんわ。行って見て違うたら、もう諦めてウチの店に来てーな！」と商売熱心な中年男からの情報を頼りに、本通りの東端まで、ビルから張り出している店名看板を見上げながら歩いた。YビルとKビルの四階に、それらしきクラブがあった。一つはフェビアン、もう一つはフェノメナ。どちらにも全く自信がない。あの中年蝶

ネクタイ男の「フニャフニャ……」を頼りにしているだけだ。ここで躊躇しても始まらず、フェビアンを訪ねると、四階のエレベータが開くなり、「いらっしゃいませ。どなたかのご紹介でしょうか？」と黒服のボーイが呼び止めた。

「いや、初めてなんやけど。この店は何年くらいやっているの？」と慇懃に聞くと、

「警察の方ですか？」と聞き返され、長年漬いた臭いは消えんのか、と一瞬思ったが、

「いや。お店を探している。二年前くらいにオープンした店を」と云うと、黒服は、

「フェビアンは開店十年以上になります」と云いながらエレベータの釦を押した。粗雑な扱いに気分を害し乍らも、

「まぁ、しょうがないよな。あれが仕事やろからなぁ」と二十メートル程戻ってKビルの四階に上がった。エレベータが開くと、前に重厚な扉に守られたクラブ・フェノメナが現れた。覚悟を決めて扉を開くと、黒服のボーイが、

「いらっしゃいませ。当店は会員制になっておりますが、どちら様からのご紹介でしょうか」と訊ねられ敷島は咄嗟に、

「北村さん。善右衛門さんの紹介だ」と云うと、黒服は奥に引っ込み、暫くして四十前後の和装の女性が現れ、

「ママの凛子です。ようこそ来て頂けました」と云いながら、店内に案内した。店内は客も居るのだろうが気配を感じさせないような半個室に区切られていた。ママの勧めで、六人

は座われるようなソファの真ん中に座った。暫くして、ママが若い女性二人を伴い名前を紹介して、敷島を挟むように座らせ、ママはテーブルを挟んだ対面に座った。そして、運ばれて来たオールドパー18年のボトルを手にして、

「水割りで宜しいですか」と聞き、高級グラスに氷の上からウイスキーを注ぎ、水を足しマドラーで軽く混ぜた。その手裁きの美しさから気品と高貴さを漂わせていた。流石に高級店のママであると、敷島は痛く納得しながら、グラスを口に運び、ウイスキーを口の中で転がしていると、ママが、

「私達も頂いて宜しいでしょうか？」と商売気を出して来た、

「どうぞ、どうぞ。何でも飲んでくださいよ」とまるで腑抜け（ふぬけ）のオヤジのように応えると、両脇の女性は、夫々（それぞれ）

「私、トマトで割ったバノックバーン」、「私ウーロン割」とオーダーした。敷島は高級スコッチウィスキーの飲み方を知らんお姉ちゃん達やなぁ、と見下しながらも和（にこ）やかに、グラスを口に運んだ。やがて彼女たちの飲み物が運ばれてくると、ママは、

「私は、ロックで頂くは」と云って、高級グラスの中の氷にオールドパーを少量注ぎ、ママの発生で乾杯をした。ママは、グラスを一気に飲み干すと、

「ごゆっくりしてくださいね。また、後でもう一人女性を付けますね」と云って、軽く会釈して席を立った。

早速、両脇のホステスに名前を確認するも覚える気が無い。年齢を推量したり、昼間の仕事を聞いてみたりしながら、

「北村さんは、よく来るの？」と鎌をかけると、敷島の右側に座っている女性が、

「北村さんって、佐山社長とたまに来るお爺ちゃんのこと？」と反応してきた。敷島は緩(ゆる)む表情を堪(こら)えながら、

「そうそう。そのお爺ちゃんだけど、凄い人なんやで。此処ではどんな話をしてるんかなぁ？　仕事の事ばっかりか？」と優しく聞くと、その女性・レイラは、

「私は一度だけ付いた事があるけど、佐山さんの下ネタばかりが目立って、女の子はキャッキャッ云うてたけど、北村のお爺ちゃんは、あまり喋らずニコニコ遣り取りを見ていた感じやね」と応えた。高い代償を支払うことになる敷島は、これでは終われず、

「へぇ。いつも、そんな感じ？　家族の話とか、女性関係とかは話さへん？……」と聞くと、レイラは、左側に座っているスラっとした女性・セリナを覗(のぞ)き込むように、

「セリナちゃんはどう？　付いた事なかったっけ？」と聞くと、セリナは敷島の脚に手を乗せながら乗り出し、

「私は、かなり前に一度だけ付いたことあるのだけど、殆ど話せずにチェンジしちゃった。でも、その時はミズホさんと楽しそうに話していたわね」と臆せず応えた。

「ミズホちゃんって、どんな人？　今夜は居るの？」と敷島は、ますます仕事丸出しの追

い込みを始めた。レイラが、

「ミズホさんは私等より五歳ぐらい上よね、確か三十七、八歳。いやだ！　私等の年齢ばれちゃったじゃん！　もう。上手いんだから……。今夜はお休みよね、確か、月水金が出勤よね」とセリナに同意を求めた。セリナは、

「そう云えば、北村のお爺ちゃんも来る時は必ずミズホさんが付くわね。二人は出来てる……？　そんな分けないか。こんな話ママに聞かれたら叱られちゃう！」とお道化ながら場が盛り上がり出した所に、凛子ママが別の女性を連れて来て、

「とても盛り上がっていますね！　ユキナさんです」と云って女性を紹介し、ユキナが自分のグラスに飲み物を作ったのを見届けて、

「それじゃあ、ごゆっくり」と云って、洗練された立ち振る舞いと色香を残して消えて行った。その後、ユキナにも北村の事を聞いたが情報を得られず、その後暫く女性三人と久しぶりに無重力状態のような話で盛り上がった。お手洗いに立ち、腕時計を見ると十時過ぎだった。今夜はこのあたりでお終いにするかと席に戻り、隣に座っているレイラに終わる旨伝えた。

　凛子ママがエレベータに同乗して雑居ビルの出入り口と本通り際で、

「女の子は如何でしたか？　粗相はございませんでしたか。また、お越しくださいね」と丁重に頭を下げ見送られた。敷島は明日もミズホに会いに来る予定にしていたが、敢えて

ママには言わなかった。

夜の街に憩いを求めて行き来する喜色満面な客とすれ違いながら、本通りを西に向かった。久し振りの大散財で支払った十五万円が、高いのか、安いのかは明日次第だなぁ。と思いながらも、明日も高額の出費になるのかぁ、と大きく溜息を吐いた。

事務所に辿り着き、シャワーで疲れを癒やすとともに、潤けた脳ミソに冷水をかけた。ソファに寝転がり、長かった今日一日を振り返った。

一日かけて、北村善右衛門の事を調べたが、何ら自分が欲している物は出なかった。しかし、何故、何か出ると思って行動しているのか。中田恭子に言われたからか。北村善右衛門が只の善意の人で在っては、何故いけないのか。調査している事件はどうなるのか。俺の遣っていることは正しいのか、進んでいる方向で間違いないのか。そして、俺は本当に無実なのか。と自家問答を繰り返すことにより、自分に圧し掛かる得体の知れない恐怖から逃れようとするが、益々重く圧し掛かるばかりであった。

翌朝、パソコンに向い、再度、北村善右衛門、藤本耕三を検索して、片端から読み進んだが、二人の社会信条、政治信条に感化されそうになるばかりで、ヒントとなるような記事は見つけられないまま、カップ麺を啜りながら茫漠とした時間を費やし、夜の帷を迎える時間となった。濃紺のスーツに身を固め決意新たに北新地へと向かった。

クラブ・フェノメナに入り、連夜の来訪に驚く凛子ママに、

「ミズホさんを付けて欲しい」と耳打ちすると、意味あり気な微笑みを浮かべながら席へ案内した。暫くすると、ママが昨夜のレイラともう一人女性を連れて現れ、

「ミズホさんです。ごゆっくりお楽しみください」と紹介して、然(さ)り気無い身のこなしで立ち去った。ミズホは美形の部類に入るが、水商売には縁のない化粧気のないお嬢様風の印象を敷島は持った。如才(じょさい)ないレイラの取りなしで、三人で世間話に時を費やしていたが、機転を利かしたのかレイラが、ミネラルウォーターが無くなったと云って席を立った。敷島はここぞとばかりに、

「ミズホさんは、北村さんに気に入られているって聞いたけど、どうなの?」と直球勝負に出た。笑みを浮かべるも訝(いぶか)しげな面持ちで、

「えっ! 北村さんって? 有難い事に、色んなお客様から御贔屓(ひいき)頂いていますから……」と調弄(はぐらか)したが、敷島は間髪を入れずに、それも取り調べ口調で、

「北村清一・善右衛門だよ。いつも指名を受けていると聞いている」と云うと、ミズホはキリっとした表情で、

「お客さんの事を話すのは、この世界ではご法度ですよ。そんなことしたら、お店に居られなくなるわ」と頑(かたく)なに拒んだ。しかし、敷島は諦めずに、

「ミズホさんねぇ。俺は北村自身の事を聞きたい訳じゃないんだよ。北村が家族の事で何

か愚痴めいた事を話していなかったか、聞きたいんだよ。これから、話すことは独り言だと思って聞いてくれ。北村は、かって、十六歳の男子を養子で受け入れたんだよ。この子は俊介と云うのだが、学業優秀で東大法科を出て警察に入っている。しかし、頭は切れるのだが、精神が脆弱というか。なに、表面からでは全く気付かないが、内面に秘めたる毒を持っている。と云う感じなんだが、彼が何故そうなったのか？　北村家に入ってから何か有ったのかを知りたくて、と云うか彼の性格を懐柔するためのネタを探しているのよね」

と躍起になるが、ミズホは、

「そんな大事な、深刻な話を、先生は私なんかに話しませんよ。私は良い聞き役にはなっているとは思っていますが、どうでも良い世間話等ですから……」と攣れなかった。レイラが席に戻り、

「敷島さん！　ミズホさん口説けた？　何だ、気を利かしてあげたのに……。まぁ、ミズホさんは競争相手多いからね」と上手く場を取りなし、その後三人で盛り上がった。これ以上は時間の無駄だと、敷島はレイラに帰る旨伝えると、レイラは、

「もう、帰っちゃうんですか。レイラも口説いて欲しかったなぁ……」と首を竦めながら奥に姿を消した。ミズホはすまなさそうな顔をして、明日にでも電話ください。と云って電話番号を書いた源氏名の名刺を手渡された。凛子ママが現れて、商売とは言え如何にも未練がましそうに、

「今夜は早いのね。またのお越しをお待ちしますね」と云いながら一階まで見送りに出た。外は寒く、武者震いが敷島の空腹を助長した。少し腹ごしらえでもするか、と中華料理屋に入った。餃子と醤油ラーメン、それにビールを注文し、

「北新地で散財した挙げ句、夕食がラーメンか！」と口の中で呟きながらビールを喉に流し込んだ。

食欲は充たされたが、心の空しさは増幅されるばかりで、

「あんまり収穫なかったけど、北村の交友関係の調査は終了だなぁ。明日からは、北村家出入りのお手伝いさんに当たってみるか」と事務所の椅子に踏ん反り返り、ニンニク臭のするゲップをしたかと思うと机に顔から塞込(ふさぎこ)み、そのまま睡魔(すいま)の餌食(えじき)になった。

翌朝、パソコンの無表情の画面を見詰めながら、キャメルを燻らせ高級ブルーマウンテンを口に運び、

「こんな旨いコーヒー豆をいとも容易(たやす)く手に入る北村は、一体何者や！　凄(すご)い、やっちゃ！　もっと頂戴！」と完全に思考回路が破綻しているかと思えば、北村家の通いの家政婦が午後四時に業務終了との情報を得る努力は怠(おこた)らなかった。昼前に空腹を覚え、近くのコンビニで弁当を買い入れ、料金を払おうとポケットを弄(まさぐ)ると指に固い紙幣が当たり取

り出してみると、昨夜のミズホの名刺だった。事務所に帰り名刺の裏表に目を通すと、携帯番号が手書きで書かれていた。確か、明日電話くださいと云っていた事を思い出したが、「どうせ、商売の客引きの常套手段だろうと」と思い、かけるのを躊躇っていたが、弁当で充たされた腹とは裏腹に、眠りかけた脳は悩む事すら面倒臭いとばかりに、携帯番号をプッシュさせた。数回の呼び出し音の後に繋がった。

「もしもし、敷島ですが、ミズホさんでしょうか？　昨夜、電話してくださいと言われた様な気がして……」と小心者を装いながら問うと、少し慌てたような気配の中から、

「昨夜は有難うございました。楽しかったです。それで、お店ではあぁいう対応しか出来なくて申し訳ありませんでした。とても重要な事のようで、お役に立つか分かりませんが、北村先生から聞いたお話を、させて頂こうと思って……」と驚きの言葉が返って来た。

「是非、今からでもお聞かせください。電話じゃ何ですから、梅田で午後一時半に」と待ち合わせることにした。

梅田のヒルトンプラザの喫茶室に時間通り現れたミズホに、感謝の意を伝え早速本題に入った。

「北村は家族の事で、ミズホさんにどのような話をしたのか、聞かせて貰えますか」と丁重に訊ねると、ミズホは、

「北村先生とは、お店がオープンしてから可愛がって頂いていますから、もう二年位にな

ります。最初は差し障りのない話が多かったのだけど、ある時、私が父親に対して嫌悪感を持っているような事をお話ししたら、先生は事情を優しく聞いてくださって慰めてくれましたが、その時、先生は自分にも出来の悪い息子が居て、学業は出来るのだが、全く親に懐かないし、助言も聞き入れようとしない。本当に可愛げが無く、つい手を挙げたことが有るみたいな話をされましたね。その後も、息子さんが若い時には手を焼いたと云う話は二、三回お聞きしました。一番印象に残っているのは、育ててやっているのに親の意見は聞き入れず、殴っている親を軽蔑の眼差しで見上げる目にはぞっとした。というお言葉でしたね」と敷島が欲しがっていた答えをミズホは遠慮がちではあるが滔々と話した。敷島は、北村俊介の内在する変異の現われに養父が気付き、矯めようとする余りに暴力に至ったと推量し、将に『匹夫も志を奪うべからず[23]』と北村善右衛門を庇うように心で呟きながら、更に、

「北村さんは、普段から暴力的な面があるのかな？　ミズホさんから見てどう？」と誘導するが、ミズホは顔を横に振りながら、

「北村先生は温厚な方で、口数は少ないですが、誰にでも優しく心遣いをされる方で、勿論お店で声を荒げるような事もない、本当の紳士だと思います。ただ。息子さんの事では苦労されているようでした。まぁ、どこの家庭でもあるような事なのでしょうが……」と、やはり北村清一の強圧的、暴力的な面については否定した。その後、ミズホの生活環境や

職業遍歴等を上手く聴き出しながら、ミズホは嘘を平然と言ってのける人格ではない事を、敷島は己の体験から確信した。本日の話は守秘する旨、更に再会を約し、ミズホに深々と頭を下げ先に店を出て、次の目的地の池田に向かった。

阪急池田駅からタクシーに乗り、北村の邸宅の五十メートル程手前で降車し、監視カメラにも注意を払いながら邸宅の玄関が見張れる場所を探したが、適当な場所が無く、個人の家の玄関先に潜んで、北村家の通いの家政婦、斎藤玉江を待った。暫くすると、中年の女性が手慣れた仕草さで玄関から入って行った。それから十分程経って、入れ替わるように斎藤玉江がトートバッグを手にして出てきた。少し先を歩かせておいて、屋敷から百メートル程の所で、斎藤の横に並び、

「斎藤さんですね。北村邸のお屋敷の事について少しお話しをお聞かせください。決して、怪しいものではありません」と優しく声を掛けるも、斎藤はチラッと敷島を横目で見るも無視して歩き続けた。

「待ってくださいよ！　あまり手数をかけさせられると、警察に出頭して貰うことになりますよ……」と伝家の宝刀を抜いた。これに対して斎藤は、

「何ですのん？　私、何か警察沙汰になるような事しましたか？　それに、アンタ誰？」と戸惑いを見せながら敷島に詰め寄った。こんな状況は手練手管の元警察官の敷島は、

「此処では、寒いし。そこの甘味屋で、お汁粉でも食べながら話しませんか」と斎藤のトートバッグを引っ張りながら、甘味屋に入った。席に着くなり斎藤は、

「お汁粉は頂くけど、時間が無いので、手短じかにね」と観念した。早速、敷島は、

「私は、元警察官で今は私立探偵を業（なりわい）としており、決して怪しい者ではありませんので念のため。今、善右衛門さんの息子の北村俊介さんについて調べています。と云っても、ご本人自身の事じゃなく、父親の善右衛門さんとの関係を調べていますが、俊介さんをご存知ですよね？」と聞くと、斎藤はお茶を飲みながら、

「そりゃ、知っていますよ！　私はあの屋敷に入って、もう二十五年になりますからね。大概の事は知っていますよ。それで、お坊ちゃまの何を聞きたいの？」と敷島を見詰めた。

「親子の間柄（あいだがら）はどうでしたか？　喧嘩や暴力沙汰は無かったですか？」と単刀直入に敷島が聞くと、斎藤は、

「私は昼間の通いやから、二人の関係は休日位しか分からんけど、あのお坊ちゃまは養子やからね。双方とも気を使ってたんじゃなぁい」と思い巡らしながら、徐々に話し始めた。

「何か二人の間にトラブルが有ったとか聞いていませんか？」と敷島は尚も畳み込むと、少し間をおいて斎藤は、

「これは、見た訳じゃないけど、夜の担当者からの引き継ぎで、『昨夜は大変だったよ』と云うのが、お坊ちゃんが養子に入って一年後位から、数回あったかねぇ。そやけど、数か月

もしたら、そう云う話も聞かなくなったね」と二人の間に何かあった事を臭わせた。更に敷島は、

「どのように大変だったか、具体的に聞いたことありませんか？　例えは、取っ組み合いをするとか……」と聞くと、

「これは内緒ですよ！　お坊ちゃんの進路の事で揉めていたみたいで。旦那様は医者にさせたいと思っていらっしゃったみたいですが、お坊ちゃんは法律の道を目指したい。との対立が有ったみたいで、最終的にお坊ちゃんが医者になっても構わないが、あの映画で有名になったハンニバル・レクターになってやる。と顔面蒼白でキレたのを、旦那様が手荒い制裁を加え、勝手にしろと突き放したとのことです。それ以降は争いもなくなったみたいで、大学進学の時も、就職の時も旦那様は陰でお力になっていたみたいだし。親子というのは、どこの家庭でもそうだけど、分からないものよね」と吐露した。

「ハンニバル・レクターねぇ。斎藤さんはそんな名前よく知ってましたね？」

「いえね。私、こう見えても、アメリカのサスペンスドラマが好きで、『ハンニバル(24)』もドキドキしながら楽しみに見てたんですよ。中年のおばさんが好む韓流ドラマには興味は無いけどね」と完全におばさんの井戸端会議になってしまった。敷島は確証を得るために、

「その当時の夜の家政婦さんに、お会いしたいが、連絡先とかご存知ですか？」と聞くと、

斎藤は顔を曇らせながら、

「安恵さんっていうのだけど、三年前に癌で亡くなったのよ。私より三歳程年上だけど、私も気を付けないと……。今の夜の担当は美千代さんっていって、私より五つ年下なんだけど、私より老けて感じるわね。これは絶対に内緒よ！」と聞きもしないことを饒舌に話すようになって来たが、

「お時間を取らせましたね。大変に役に立ちました。有難うございます」と敷島は終わりにしょうとしたが、斎藤は周囲を気にしながら、

「実はね。これは旦那様にも言ってないんだけど、お坊ちゃんは高校で嫌がらせ、虐めに遭っていたみたいで、何回か昼間に早退して帰って来て居る姿を見かけたわ。一度は指を怪我していて応急手当をして差し上げたのだけど、本人は体育で……と言うだけで。学校もお坊ちゃんが秀才だから、何も言ってこなかったけど、旦那様に話したらエライ事になりますからね。お坊ちゃんも父には内緒にして欲しい。と云われていたものだから、ずっと気にはなっていたんですけど、放置した形になってしまって……」と懺悔するように敷島を見入った。敷島は諫めるでもなく、慰めるでもなく、しょうがないという表情で斎藤に、

「家族間の事に、他人が口出しするのは難しいでしょう。本当のところは、当事者しか分からないし、当事者も相手を誤解していることも多々あるしね……。将に『正人は邪人を指して邪となし、邪人もまた正人を指して邪となす[25]』ですからね」と云いながら、斎藤に

挨拶をして別れた。既に、外はとっぷり暮れていた。

今日一日、北村家の情報を多く仕入れることが出来たが、これが己の調査にどう影響するのかを考えるも、整理できないまま午後七時前に事務所に着いた。缶ビールを片手にソファにひっくり返り、煙草を探そうと机の引き出しに手をかけた時、携帯が振動で机の上を飛び跳ね回った。携帯を手にしながらビールを一口呑み込んでから応対すると、麻里子だった。明朝お伺いするから、調査料を用意しておいて、との相変わらず冷たいビジネス口調であった。藤本耕三の事を何か掴んだのだろうと思いながらも、今は北村家の事が先だと机に向い、A３用紙に北村家の相関図を描き、今日得た情報を書き入れて整理したが、全て伝聞によるもので、物証は無いことに改めて気づかされる。「全て砂上の楼閣か！」と思うも、そこに新たに北村俊介の足取り、木村善一、岡田泰三、名和正博、中田恭子、更に関東での児童誘拐殺害事件、堺泉北ニュータウン新谷未来君誘拐殺害事件をも時系列で書き入れていったところ、夫々の事件と北村、岡田のアリバイ、足取りが不明である事に、やはり拭い去れない疑念が残り、何かが足りないと、迷路に嵌(は)まり込んだ脳ミソを巡らすまでもなく、意図も容易(たやす)く自分の名前を書き足した。まるで、其処(そこ)にだけしか嵌(はま)らないパズルをはめ込む様に簡単に。

「これで、完成やなぁ、後は、藤本が、この図にどう絡んで来るかやなぁ」と缶ビールを飲み干し握り潰した。更に冷蔵庫から缶ビールとチーズを取り出し、菓子箱からピーナツを選び、独りで飲み会を始めたが、酔い潰れるまでには時間を要せず、ソファに傾(なだ)れこんだ。

明け方に、クラブ・フェノメナの凛子ママ、レイラ、ミズホそれに中田恭子、家政婦の斎藤玉江が入交り、敷島を奪い合い、挙げ句の果てには全員で、『犯人はお前だ』と連呼した。魘(うな)されるように目を覚ました。相変わらず辻褄の合わない解明不能な夢であったが、覚めて尚「何で、紗耶香や麻里子が居らんかったんや！」と己に問う常軌(じょうき)を逸(い)した性(さが)に、さすがに恥じ入り自嘲(じちょう)しながら起き上がった。


寒そうに、ブラウンのダッフルコートに身を包み、麻里子が入って来た。入って来るなり窓を開けて換気した。恐ろしいほど冷たい空気が茫然(ぼうぜん)としている敷島を正気に戻した。勝手知った手際の良さで、お湯を沸かしコーヒーを二つ入れて、無言のままテーブルに置いた。居たたまれないこの場の雰囲気を和らげようと、敷島は、

「お早う！　早いね。さっき夢を見たが、オールスターキャスト女性陣総出演だったのに、麻里ちゃんが出て来なくて……、と思ってたところに颯爽(さっそう)と冷風と伴に現れましたね!!　調査料取りに来たんだよね」とふざけて見せるも、麻里子は冷たい表情のままコーヒーを口に含み、カップを置くなり、

「大分切羽詰まっている様子だったから、取り返しのつかない事になったら困ると思って、慌てて飛んで来ましたよ!!」と敷島を遥かに超える返しが来た。愚の根も出ず、身なり

を整えて、麻里子と向き合った。敷島から、

「藤本耕三はどうだった?」と口火を切った。ショルダーバッグからノートを取り出しながら麻里子は、

「藤本耕三、昭和三十八年一月生れ五十四歳、本籍大阪府、現住所神戸市、県立加古川E高校から東京大学法学部法律学科卒業。国家公務員試験I種合格後警察庁に入省、その後、警視庁、栃木県警に出向、平成二十年三月四十五歳で依願退職。ここ迄は公表されている履歴ね。それで、何を調べたら良いのか分からなかったので、藤本のホームページ、記事等を丹念に調べていたの、そしたら藤本が主宰している『児童被害撲滅の会』の活動写真が掲載されていたの。そこに、偶然、大学時代の友である川口真樹(かわぐちまき)が写っていたのね。本当に世の中って、偶然の積み重ねだよね」と云いながら敷島に写真を見せた。敷島は、

「中々の別品さんやの!　同気相求むか!　それで?」と先を促した。

「真樹に連絡すると、彼女は社会政策学科の児童被害救済対策研究室の助手として大学に残って研究、社会活動に取り組んでいるの。それで、藤本の写真の事を聞いたら、藤本は児童虐待撲滅、児童保護に超党派で議員連盟を立ち上げ取組んでいるらしいの。当然に、警察、学校関係者が多く参加するのよね。真樹も大学からの支援として参加している訳ね。まぁ、藤本にとっては、集票の一環でもあるのでしょうけどね」と麻里子にしては、調査料が掛かっているからか、饒舌に話した。敷島は、随所に相槌(あいづち)を打ちながら、

「何で、藤本は、そんな活動し始めたんや。その辺はどうかなぁ？　まさか、自分がこれまで犯して来た事の償いやないやろなぁ？・」と嫌味を込めて核心に迫ると、麻里子はやや不機嫌な表情で、

「敷島さんは、本当に人を信用、信頼できん人やね！　職業病とは言わせないわよ。藤本は、真樹の話によると、栃木県警の捜査課長時代、過去の多くの児童誘拐殺人事件を掘り起こし、ついに容疑者、それも連続犯を断定したらしいのよ。しかし、それを地検は証拠不十分で不起訴にしたらしいの。それで、地検の検事と衝突して、警察に未来はないと、辞職した。と聞いているわ。これが、藤本の真実じゃない！」と力説した。中田恭子から敷島が得ている情報とほぼ一致しているが、何故、藤本が敷島に接近して来たのかは全く分からず、麻里子に、

「情報は、それだけかなぁ？　麻里ちゃんも知ってるように、藤本が何故、あのような不可解なメールで、俺を兵庫県庁まで呼びつけたんかな？　その辺の情報は無いんかいなぁ」とやや諦め顔で聞くと、麻里子は、

「その辺の話は聞いてないけど、真樹によると、藤本は、近々、未解決の児童誘拐殺害事件が解決される可能性があると、近い者に洩らしているそうよ。ひょっとしたら、それと関係あるのかもね」と藤本と敷島を関係づけるヒントを出した。これを聞いて敷島は、意を決っして再度藤本に会う覚悟を固め、麻里子に、

「麻里ちゃん。有難う。さすが、ウチの社員第一号の事はあるわ」と云いながら、調査料の入った封筒を渡した。

「御免ね。あんまり役に立たなかったけど、これが私の、精一杯よ。内容の如何に関わらずと云う事だったので、これは頂いておきます。そやけど、社員とは違うし……」と云って、封筒をバッグに仕舞い席を立った。

　麻里子が帰った後、早速、藤本に電話を入れ会う約束をした。今日の午後二時、今度の場所は神戸元町の風月堂本店レストランだった。

　例によって、梅田食道街で饂飩の立ち食いを済ましてから、阪急電車で元町駅に向かった。元町商店街を西へ数分進み、風月堂本店の二階に上がった。広々とした落ち着いた空間に藤本を求めるも見当たらず、奥の窓際の席に着いた。追い詰められた心境を和らげるためか、珍しく、アールグレイのフレーバーティーを注文し、高級な陶器のティーポットから不慣れな手付きでカップに注ぎ、ノージングするようにベルガモットの香りを楽しみながら口に運んだ。ランチの時間も過ぎ、店内には敷島のカップを置く食器音だけが響いた。五分程遅れて藤本が颯爽（さっそう）と登場した。

「すいません。お待たせしました。突然どうしたんですか？　私には二度と会いたくない、と云う剣幕でしたが……」と相変わらずの浅黒い顔から白い歯をこぼしながら意地悪く挨拶した。敷島は動じず、

「いよいよ。藤本さんと直接対決せなアカン時が来たと思ってね。アンタから調査依頼を受けてから、俺の知り得る疑わしき者を洗い直して来たが、やはり最後に藤本さん。アンタが残った」と意味深な物言いをしながら本題に入った。藤本は笑みを噛み殺しながら、

「まさか、私が真犯人だと？　真犯人だったら、既に確定した事件の再調査などしないでしょうが！　時間をかけて何を調べたのですか？」と皮肉った。

「そうやない！　あの事件の真犯人は北村俊介やと俺は考えるが、動機が分からん。今一度、北村と会って詰問してみる積りやけど、もっと分からんのは、藤本さんと滝田検事の関係や。そして、この事件にどう関わっているか、や。それ次第では、アンタら二人も容疑者の範疇や」と本音を晒（さら）した。永遠に続くような冷たい沈黙の後、藤本は、

「そうですか。北村俊介が真犯人ね。元同僚を犯人呼ばわりするのは、中々確信が無いと云えない事でしょうが、良い線じゃないですか！　さすが敷島さんですね」とシニカルに沈黙を破った。

「どういう意味ですか！　俺の質問の答えにはなっとらん！」と吐き捨てると、藤本は腰を椅子に浅くかけ直し姿勢を整えながら、

「それでは、そろそろ私と滝田検事の事も含め、調査依頼した経緯を、話せる範囲でお話ししましょう。私は、ご存知のように、関東一円、特に栃木県内に多発する児童誘拐殺害事件の捜査担当者として、警察庁から出向しました。十数件の事件を約五年かけて精査した

ところ、私は町田泰三が五件の事件に関与する犯人であると断定しました。そして、宇都宮地検に起訴を申し入れました。しかし、事件の難解さと件数の多さが災いしたのか、数か月も時間をかけて不起訴処分となりました。その後、私は警察庁に戻りましたが、この件は納得がいかず、知己（ちき）の有る尊敬する先輩の東京高等地検の滝田検事に相談しました。そうすると、滝田さんも以前別件で担当した児童誘拐殺人事件を不起訴とせざるを得なかった地検の判断に疑問を持っており、この多発する事件は同一犯人の可能性が大きく、そのような異常者を野放しにしておくことは、警察の恥であるし、全国の児童の生命を脅かすことになる。と二人の考えは一致し、十年前から犯罪を繰り返している町田泰三と、ここ半年位に犯行を繰り返している北村俊介を、警察を離れて、滝田検事の陰からのバックアップを得て私が追うことにした。北村俊介については、私は直接担当していないから一切分からないが、これは滝田検事からの強い要請があった。それで、極秘に進めるうちに、優秀ではあるが、署内で爪弾き（つまはじ）されている敷島さんに白羽の矢を立て、捜査担当者として送り込んだ。そこまでは、良かったが敷島さんが逮捕されてしまったのは想定外でしたが、その後も出来るだけの配慮はしたつもりで、刑期も最短で終え、私立探偵となったアナタに再び働いてもらいました。以上です」と重要な事を掻い摘み淡々と話した。敷島は血相を変え、

「どういうこっちゃ！　全てはアンタ達に仕組（しく）まれとったって事か！　数年もかけて！

それにしても、腑に落ちんな。町田と北村が怪しかったら、警察はどないしてでも捕まえて吐かしたら済むこっちゃないかい。一歩譲って、俺を騙さずに、その旨伝えてくれていたら捜査方法も違ったモノになったし、もっと簡単に犯人逮捕出来たんやないかい！　それにしても、警察がそんなこと企んだらアカンやろぅ！」と口角泡を飛ばしながら怒り狂った。レストランの係員が心配して近寄って来たが、藤本は一礼し押し戻した。

「敷島さん。ご存知のように、犯人逮捕には確実な物証、自白が必要です。しかし、町田にしても北村にしても、物証が全くない。もう少しで手が届きそうになるのだが、最後の決め手がない。いくら担当者が確信を持っていても逮捕できない。このまま、警察に任せておいたら、これらの殺人鬼は多くの児童誘拐殺害を重ねていくことになるだろう。早急に二人を捕まえなければならない。そのためには、警察と自由捜査できる外部の力との協力が必要と考えた結果だ」と藤本は再度説明したが、どこからどこまでが仕組まれたのか、操られたのか、分からない敷島は憤懣遣るかた無く、

「アンタらが、余計な事せんかったら、いや、俺を選ばへんかったら、俺は撃たれることもなく、刑務所に入ることもなかったんや。今頃、警察で上層部に昇進して睨みをきかしていた筈や。俺の五年間を戻してくれ！」と藤本に恨み辛み、罵詈雑言を浴びせたが、藤本はニヤリと白い歯を見せながら、

「囮に使われた敷島さんの気持ちは分からんではないし謝罪しますが、ただ、敷島さんの

担当した堺の泉北ニュータウン児童誘拐殺害事件については、私達も敷島さんが関与しているとの疑いは否定できませんでしたし、今でも疑いが晴れていません。ただ、疑わしき三人に同じ捜査を担当させることで、確実に何かが分かる、誰が犯人か分かると確信していましたがね」と話すと、敷島は苦虫を噛み潰したような顔をして、

「まだ、俺の犯行の線は消えてないのか、北村じゃないかも知れんのか。いよいよ、北村と最終決戦やな」と消え入るような声で呟いた。藤本は、これまで、と云わんばかりに立ち上がりながら、

「一か月も経たないうちにしてはかなりの進捗（しんちょく）ですが、調査期間は、来年五月末までですから、ジックリ調査してください。縦（よ）しんば、敷島さんが犯人と云う結論でも、もうアナタは罪の償ないは済んでいますから、失うものは無い筈ですよ。その臆病な自尊心以外は……」と辛辣な言葉を残して立ち去った。

残された敷島は、滝田検事たちに己のどこまでを把握されているのか、空恐ろしく思え、更に、藤本の真犯人説が完全に消え、北村との究極の対峙を迫られるという悲愴感と恐怖で立ち上がることが出来ず、気付けに冷めきったアールグレイを啜（すす）ったが、トイレへの誘惑にしかならなかった。

年末から平成三十一年始を、まだ明けきれぬ闇の中で息を潜めていたが、三日の朝、菅山紗耶香から初詣の誘いがあり、漸く抜け出す決意をした。昼前に、住吉神社へ二人で詣でて、紗耶香の家で正月料理をご馳走になった。いつも、己の都合の良い時だけ訪れても、温かく迎えてくれる紗耶香には感謝の言葉しかなかった。

「紗耶香ちゃん。いつも悪いなぁ」と珍しく口に出して礼を云うと、紗耶香はこっくり頷いて、

「実はね。私は今年で三十九歳になるのよね。前から、四十前には落ち着きたいと思っていて、春にでも故郷の宮崎に帰ろうかと思っているの……」と甘えた声ながらも敷島にはガラスを爪で引掻くような響きだった。己には如何ともし難く、

「そうかー。大阪では辛い事ばかりだったもんなぁ。宮崎か……」と声を掛けるのが精一杯であった。心に凝を残しながらも久々の逢瀬を楽しみ、いつものように外に出てキャメルを銜えながら、

「宮崎か……。また、俺から近い者が消えて行くなぁ」と紫煙と伴に寂しさを吐き出した。一月の夕暮れの冷たい風に吹かれながら、ポッカリ穴の空いた寂しさを胸に帰路に着いた。

十日戎も過ぎ世の中は日常を取り戻しつつあったが、日々の生活内容の薄っぺらさが自分の中に洞穴をあけてしまい、その中に再び閉じ籠りひっそり息を凝らしていた敷島を、

激しくドアーを叩く音が覚醒させた。

ドアーを開けると、麻里子が血相を変えて飛び込んで来て、

「藤本が、藤本耕三が死んだの！　昨夜、年始挨拶の帰りに、須磨駅付近の国道で対向車と正面衝突、運転していた双方とも即死」と取り乱している割には要領よく伝えた。

「おいおい！　何ちゅうこっちゃ」と敷島はパソコンを開きながら、

「麻里ちゃん。その情報はどこから？……」と聞くと、

「真樹よ。女学院の……。今朝、電話が入って、慌ててここに来たのよ」と云いながら窓を開け放した。そして、慣れた動作でお湯を沸かしコーヒーを入れようとした。パソコンの画面を食い入るように見ていた敷島は、

「兵庫県議藤本耕三、交通事故死、原因究明中ながら、速度の出し過ぎによる運転ミスか？」と声を出し画面を読みながら、

「いゃー。もう全く分からん。荒涼たる砂漠に裸で投げ出された心境だよ！」と愚痴（ぐち）ると、麻里子は辛辣にも、

「何、云ってるのよ！　これで、普通に戻れるんじゃゃないですか。調査依頼者の死亡で調査打ち切り。調査料丸儲けじゃないですか！」と能天気な言葉を発したが、敷島は悲痛な面持ちで、

「昨年の十二月の末に神戸で会って引導を渡され、新年早々事故死なんて、まるで俺が殺

したみたいじゃないか」と大袈裟に両手を広げ天井を見据えた。余りの芝居かかった動きに、麻里子は笑いを堪えながら、

「本当に、そんなこと思っているの？　それともふざけているの？」と訊ねた。敷島は一言も発せず、麻里子の入れたコーヒーを、どういう訳か、北村善右衛門の笑みを思い浮かべながら口にした。暫くして、窓からの冷たい風が温かいコーヒーを急速に冷やしたのか、永い沈黙がそうしたのか、凍えたコーヒーを一気に飲み干し、

「麻里ちゃん有難う。助かったよ。今日は独りにして居て欲しい」とどこかで聞いたような科白を口にし、麻里子を見送った。

『明哲保身[26]』を捨て、『骸骨乞う[27]』て、大事を目指した藤本耕三への誤解を今更ながら恥じ、茫然自失で、時を巻き戻しては現に引き戻される浮遊を繰り返していたが、空腹を覚えカップ焼きそばで腹を満たすと、中田恭子に電話を入れて、藤本の死亡を伝えた。恭子は言葉を失い、何のサジェスチョンもなく電話が切れた。

　交通事故死ではなく、何者かが車に細工をしたのではないか、という猜疑が頭を擡げ、危険が差し迫っているとの予感から、北村俊介への連絡を早め、会う約束を取り付けた。

　翌朝、藤本耕三の本葬儀参列のため、地元加古川の称名寺に向かった。構内は突然の死去による悲痛な嗚咽が読経と伴に響き渡り、鳴り止むことが無かった。藤本の人柄、職業柄からか、多くの参列者が列をなしていた。

列席者には、滝田検事の顔も有ったが、無粋な話も出来ず、遠くから軽く会釈だけで済ました。

称名寺から歩いて二十分程かけて、最寄りのJR加古川駅に着いた。つい最近墓参りで寄った駅、それに「藤本は加古川か」と何か因縁めいたモノを感じながら電車に乗り込み、途中三ノ宮駅で阪急に乗換え、北村との待ち合わせの十三に向かった。

十三駅からプラザ大阪を目指し、館内の和食割烹に入った。用件を伝えると部屋に案内された。既に北村俊介警部補は席に着いていた。

「お待たせ。早かったんやなぁ。葬儀の帰りなんで、黒ネクタイやけど勘弁な」と云いながら席に着いた。

「久し振りですね。突然、話が有るって連絡を受けビックリしましたよ。今日はどなたの葬儀でしたか？」と北村は緊張の面持ちで問いかけた。

「北さんは知らんかもしれんけど、兵庫県議の藤本耕三さんや。二日前、交通事故で即死や。突然の事で、家族や関係者は大泣きや。俺も辛いから早々に引き上げて来たわ」と敷島はいつもの口調で応えた。

「へぇー。県議とどんなご知り合いだったんですか？」と北村も元の口調に戻り聞くと、敷島は頭を横に振りながら、

「いやいや、そんなお偉い方に知り合いはおらんがなぁ。単なるお客さんや、素行調査の」

と逸らかした。料理は前菜に続いて、河豚の刺身が据えられた。熱燗を注文して、杯を交わしながら、北村が恐る恐る、

「今日は何のお話しでしょうか？　前回お話しした以上の事はありませんが……」と聞くと、敷島は北村の杯に酒を注ぎながら、

「実はなぁ。北さんには内緒で、栃木県警行ったり、池田の北村善右衛門に会ったり、北新地で豪遊したり……、結構、短期間に動き回ったね……」と云うと、北村が割って入って、

「それは、私を調査したってことですね」と顔を強張らせた。敷島は表情も変えずに、

「北さんも、やっぱり人の子やなぁ。養子に入って、学校で虐められ、家庭では期待に応えなければならないというプレッシャー。それと、何といっても実父の犯行、自殺、一家離散やなぁ。成長期の青年には耐えがたい精神的苦痛、ストレスは半場じゃなかったやろぅ」

と鎌をかけて話し続けると、北村は、

「敷島さんの昔から得意の作り話ですね。私は、今でも実父は尊敬しているし、養父にも感謝の念は堪えませんよ。それに、皆様に良くしてもらい精神的苦痛など感じたことが有りませんよ。養父が何を話したかは知りませんが……」と敷島の話を一掃した。敷島は徐にポケットからキャメルを取り出し、口に銜え火をつけた。一服大きく吸い込み紫煙を口から糸を引くように吐き出しながら、

「北さんなあ！　俺は、お前さんが未来君殺害の犯人やと思っとるが、それも、もう一人

の北村俊介や」と喋ると、北村は冷笑しながら、

「どうしたんですか？　もう一人の北村俊介とは？」と紫煙で揺らぐ敷島の顔を見遣った。

敷島は煙草を灰皿に揉み消しながら、「俺が知り得る北さんは好青年や。警察組織を改革しようしている見事な警察官や。しかし、お前の中には、もう一人の、児童を残虐行為に及んでしまう偏執的な殺人鬼が存在しとるんや。お前も気が付かんのかも知れんが、立場の弱い者に対して冷酷な虐殺行為を、そいつは繰り返している。己の歓びのためじゃなく、自己に対する抑圧に耐えかねて元来の傲慢な自尊心が変形して、社会への復讐、児童への虐待という違うベクトルに狂信的に向かう……」と持論を展開すると、流石の好青年北村も、怒りのあまり顔を赤らめ、

「そういう、根拠も証拠もない、安物のドラマのような作り話を、元警部がよく考えられますね。最も、私も完全な人間で有るとは言えませんが、私は裏も表もない一人の北村俊介ですよ。仮に、敷島さんの云う事が正しければ、少なくとも表の私にも何らかの兆候が表れている筈ですよ。残念ながら、全く兆候がありません」と気色ばんだ。敷島もこれ以上想像を膨らますのは難しく、

「北さんなぁ。例えお前が悪人でも、『梁上の君子(28)』や。お前はプライドが高いから行けんやろうけど、俺のかかっている精神科で一度診て貰えよ！　ハンニバル・レクターへの思慕の念も晴れるかも、悪いことは言わん」とお開きを告げた。プライドをズタズタにさ

れ犯人の疑いまでかけられた北村は、
「未来君殺害事件の決定的な証拠を次回お持ちします。それで私への疑いも晴らせるでしょう……。それにしても、ハンニバルって何なんですか！」と敷島に引導を渡しながら苦笑した。二日後に同時刻、同場所で会う約束をして別れた。

　翌朝、敷島は、久し振りに掛かりつけの精神科医を訪れた。医師が敷島の状態を訝っているのをよそに、医師に昨日北村に話した二重人格について尋ねてみた。医師は、
「人間は、そんなに明確に裏と表が別れることは無い。必ず兆候が表に出る。まぁ、どちらが表か裏か、という問題もあるが……。自分の知る限りの症例では、の話だがね。それより、敷島さんの最近の症状はどうですか……」と寧ろ敷島の症状を心配し、北村同様、敷島の仮説をやんわり否定した。

　約束通り北村に会うために、十三に向い和食割烹で待ったが、北村は現れなかった。携帯も通じない。その夜は独り酒を飲みながら、北村が敷島に対して初めて見せた不義理に、驚きと怒りが収まらなかった。今後の展開を考えてみるも、寧ろ己の不甲斐なさばかりが浮き沈みし、結論など求むべくもなかった。

翌朝、北村に連絡を入れるも通じない。思い余って、曽根崎署に連絡を入れてみると、根掘り葉掘りと誰何(すいか)され、聞かされた言葉は「北村警部補は昨日、殉職なさいました」という信じがたいショッキングなアナウンスであった。言葉を失い、携帯を握りしめたまま、茫然として、今後を思い倦(あぐ)ねるも、取り敢えず曽根崎署に向かった。

運よく捜査関係者から話が聞け、それによると、

北村俊介警部補は、昨日、午前中に発生した幼児誘拐人質事件の班長として出動した。人質を束縛(そくばく)して立て籠(こ)もる犯人との長時間に亘る対峙の結果、警部補が防弾衣を纏(まと)い、犯人との直接交渉に臨んだが、幼児が暴れたのを機に犯人と揉み合いとなり、警部補は幼児確保に犯人から目を逸(そ)らして動いた瞬間、刃渡り二十センチのネックナイフで脇腹から心臓を刺された。ここからは発表されていないが、その後、児童にも危害が及ぶと判断されSATが犯人を射殺した。との事である。

まるで、『逝(ゆ)く者(もの)は斯(か)くの如(ごと)きか、昼夜(ちゅうや)を舎(や)めず(29)』の例えのように、短期間に立て続けに、己の関係者、未来君誘拐殺害事件の関係者が亡くなるという偶然に、何かに突き進められるような、追い込まれているような強迫観念を感じ、関係者で唯一存命の中田恭子に会いたい旨連絡を入れると、異常事態と感じたのか、恭子が明日来阪したいと云う返事が返って来た。

中田恭子は梅田に着くなり、曽根崎署へ敷島の同行を求め、北村俊介の遺体に手を合わせた。気付かれないようにさり気なく泪(なみだ)を拭(ぬぐ)い、終始無言のまま署員に一礼をして曽根崎署を後にした。少し離れているが送迎のバスでリーガロイヤルに向い、日本料理店の個室に入った。いつも以上に口数の少ない恭子に、敷島は、

「態々(わざわざ)、大阪まで来てもらって、どうしたの？　俺が東京に出向く予定だったのに……」

と労(ねぎら)うと、恭子は、

「さすが、これだけ身近で仕事していた人物が次から次へと亡くなると、次は敷島さんじゃないかと思うと、居た堪(たま)れなくて、来たわ。町田泰三を紹介したのも私だし、未来君誘拐殺害事件に関わる情報を漏らしていたのも私だし、滝田検事、藤本耕三それに北村警部補、敷島警部……。やはり、何かあるのかも……」と戒めと謎とを口走った。目を落ち込ませた敷島は更に表情を曇らせながら、

「藤本の亡くなる前に神戸であって話したんやが、滝田検事と藤本は、未来君誘拐殺人事件の捜査に、彼らが犯人と思しき町田、北村それに俺を敢えて送り込むよう仕組んだ。そこから何らかの決着を見ると踏んでの事だ。そこで、恭子ちゃんに聞きたい。恭子ちゃんも、それを知ってたのか？　その企みを」と詰問した。

「私は、知らなかったのだけど、気付くべきだったのよね。あんなに上手く利用されていて……。大体、捜査に透視を使うなんて、あれは町田を参入させるためだったのね。私が敷

島さんから情報を求められた時も、意外と簡単に手に入ったのよね。誰かが手を回したとしか考えられないし……、本当に情けないわ。私がどこかで気が付いていれば、こんなに人が亡くなることは無かったかもしれないわ」と神妙な表情で目を伏せた。敷島は、

「そうか、恭子ちゃんも知らなかったのか。町田は病死だし、藤本は事故、北村は殉死。恭子ちゃんには直接関係ないよ！」と慰めながらも、

「恭子ちゃんは正直どう思う？　俺は、今回の事件は北村が犯人やと思ってるが、憶測に過ぎんし自白もとれとらん。憶測でモノを言わん恭子ちゃんとは、重々存じておりますが……」と慇懃無礼に聞くと、

「何、云ってるのよ。犯人は敷島さんで決着しているじゃないの」と何とも言えない笑みを溢(こぼ)しながらお返しをして、

「まぁ、そう云ってしまうと身も蓋も無いわね。これは、あくまで中田個人の見解としてだけ聞いて頂戴ね。私も北村俊介が犯人だと思うの。それには、亮介さんと違って、示唆する物証らしき物が有るのよね。これも、滝田検事関係者から私が手に入れ易いように細工をされていたのかも知れないけど、どういう訳か北村俊介の精神鑑定書なる物が存在するのよ。これは、北村俊介が大学に入る前の書類だから、警察は知る由もなかったのよね。それによると、極度の興奮状態に陥ると、冷酷無比な残虐行為に走る傾向が有る。ただし、如何なる場合に極度な興奮状態に入るかは不明、ただ、不安定な成長期特有のものとも考え

られ、心身の成長に伴い、その傾向は薄れて行くものと思われる。よって、殊更に騒ぎ立て治療に入るのは本人の自助回復にも影響を及ぼすと考えられ、緩やかな暖かい観察が適当。と云う、随分ふざけた意見書よね」と話すと、敷島は眼を見開き、

「北村善右衛門が鑑定を取ったんやなぁ。あのオヤジ、そんな素振りを微塵も見せんかったのに……、血は繋がってなかっても庇うんやなあ！　いや、家名を汚したくなかっただけかなぁ」と呟くと、恭子は、

「まぁ、これも確たる証拠にはならないけどね。動機としては……、ってとこかなぁ」と云い終わると、配膳された食事に箸を付け、「美味しい」と云って微笑んだ。

先程迄、あれ程落ち込んでいた二人だが、敢えてそのことには触れず、悲しみを心の奥底に秘めたまま、暫く、提供される美しく盛り付けられた料理に舌鼓を打ちながら世間話に話を咲かせていたが、恭子が口元を拭いキリっと引き締めた唇から、

「私ね。今年の秋あたりに結婚しょうと思うの」と意外な言葉が発せられた。敷島は、

「またまた、俺を刺激するための悪い冗談だろう」と返したものの心中穏やかでなく、

「まだ、相手は決まってないんやろう？」と恭子の目を見詰めると、恭子は、

「三年ほど前から、申し込まれている男性が居るの。私も、ご存知の通りアラフォーだから、そろそろ決めないとね」と亮介の想いを完全に打ち砕いた。亮介は、

「そりゃ、良かった！」と云った切り、話題を元に戻し、

「事件関係者がこの様に亡くなっていき、今回の捜査が滝田検事等に仕組まれたものだと判明したからには、最終的には滝田検事に直談判して事件の解明を図るしかないと思うが、恭子ちゃんはどう思う？」と問うと、恭子は気まずい雰囲気を察しながら、

「それしかないかな。でも、敷島さんの刑は覆（くつがえ）ることはないと思うよ。私も同席しましょうか？」と優しく諭（さと）した。敷島は、

「男、敷島、独りで決着させたいと思う。ましてや、結婚を控えた大事な時期の女性を同席させるなんてあり得ない。君のキャリアに傷が付くよ！」とまだ先程のショックを引きずった返答をした。

　事件関係者の死去、更には身近に感じた女性も次第に己から去って行く状況に、人間としてのケジメを付けなければならないと云う責任感、焦燥感からか、敷島は衝動的に大阪地検の滝田検事正に連絡を入れた。係の者との長いやり取りの末、三日後の平成三十一年一月二十二日午後二時に約束を取り付け、心は既に『暴虎馮河（ぼうこひょうが）[30]』で臨む決意をした。

　敷島は、大阪府警挙げての北村俊介の葬儀に複雑な心境で参列し、その後、自分が木村善一と関わった平成十六年三月のクレジットカード詐欺事件から今日平成三十一年一月に至るまでの経歴を簡潔に整理して、滝田検事正に対峙するべく準備を整え、前日の夜に、

最終兵器のスーパーマンに変身するがため、難波のアベベの暗い部屋の片隅で蹲っていた。敷島のリクエストアルバムはハービー・ハンコックの処女航海（１９６５年）であった。明日の想像もつかない面談・大海原への出奔を意識したタイトル曲から始まり、意味深な曲名が並び四曲目のサバイバル・オブ・ザ・フィッテストいわば、適者生存と名付けられた曲のフレディ・ハバードの炸裂するトランペットに鼓舞されるように身を揺らしながら、ラストのドルフィン・ダンスで大きく飛び跳ねようとしたのかは定かで無いが、満タンに充電された身体をマントに包み、麻里子への目配せの挨拶は忘れずに、寒風荒む現実に飛び出した。

当日、軽い昼食後にコーヒーを楽しみ、午後一時半に大阪地検の入る中之島合同庁舎に向かった。総合受付で用件を申し入れると、入館カードを渡され、指定の階まで進んだ。大きな窓から眼下が一望できる会議室に案内され、窓を背に腰を掛けて暫く待つと、軽いノックの後、滝田検事正が入って来た。まるで周知の友のように、

「やっと来てくれましたね。お久しぶりです」と挨拶しながら威厳と気品を漂わせ腰を掛けた。敷島は、

「お忙しい中、有難うございます。前回は、行きなり大変失礼しました。しかし、今回この

ような形でお会いすることになるとは思ってもいませんでした」と率直な気持ちを表した。検事正は時計を見ながら、

「あまり時間も取れませんが、どこからお話しすればいいのかなぁ？」と切り込んできた。

「私は、堺泉北ニュータウンで起こった児童誘拐事件の担当として、検事正の意向で送り込まれた。透視家の町田泰三、警部補の北村俊介も検事正の意向で送り込まれた。と亡き藤本耕三議員から聞きましたが、この真意をお聞かせください」と敷島は丁重に質問すると、

「なかなか、硬いですね。いつも通りの敷島さんで行きましょう！」と和らげながら、

「藤本君は残念な事をしました。彼とは、不正を糺す同志と思って付き合って来たのですが……。昨年十二月に、敷島さんに情報を一部開示したことも連絡を受けており、近々直接敷島さんに会わねばならないとは思っていました。私と彼とは関東地方で多発していた不可解な児童誘拐事件を捜査する内に、町田泰三と北村俊介が其々数回に渡り事件を惹起させている事を掴みましたが、ご承知の通り起訴すら出来ていませんでした。その後も何等進展が見られず不名誉な結果が残ると覚悟していた。その時、堺の児童誘拐未解決事件が再捜査の機運が高まっているとの情報を得て、これまで怪しい二人を上手く送り込み、多くの未解決事件が解明できると踏んだのです。ただ、再調査の機運が高まったのは偶然です」とつい先日の事の様に話した。敷島は少しはにかみながら、

「私が、その担当となったのは、やはり北村俊介の父木村善一との関りを知っての事ですか？　それと、藤本さんからは北村俊介の件は滝田検事マターで自分は知らないと伺っていますが、検事正は、北村が殺人鬼と知っていて、敢えて警察に入署を認めた。と云うか、警察へ取り込むことを画策されたのじゃないのですか？」と尋ねると、滝田は微笑みを絶やさす事なく、

「最初の質問に対しては、勿論それも一因です。そうじゃないと敷島さんのモチベーション維持も難しいだろうし、北村が児童以外にどう動くかも知りたかったしね。次の北村の入署については、ご想像にお任せする」と鰾膠もなかった。遂に、敷島は我慢していた蓋が外れたのか、

「検事正。それは違法捜査じゃないですか。別件捜査でしょう！　少なくとも、捜査担当者の私にだけでも真実を教えて頂いておけば、もっと違った結果が出たと思いますが」と一番腹に据えかねていたことを喋ると、滝田は、「これは、異な事を仰るね。アナタ方に堺の児童誘拐事件を捜査して貰うことは、適正な捜査でしょう。それに、敷島さんに真実を伝える事は、私達には敷島さんも容疑者の一人ですから、捜査の方向性が変わりかねませんからね」と藤本からも伝えられた同内容の辛辣な説明を、傷口に塩を塗り込められるような面持ちで再度聞くことになった敷島は、

「俺は、やっぱり、その時からアナタ達に疑われていたんですね」と再認識するかのよう

に消え入るような声で応じるのが精一杯だったが、本日の決意を奮(ふる)い立たせて、

「事件発生当時、滝田検事の個人の携帯に男から誘拐を臭(にお)わす電話が入ったと、大阪府警に伝えたのは、滝田さんの狂言、作り話ですよね。これを事件にするための……。これは偽証、犯罪じゃないですか」と捜査初期に持ち上がった疑問を投げかけると、滝田は、「それはノーコメントだが。事件には何の影響もない」と悪びれる様子もなく応えた。

「それでは、検事正。あの事件は私が犯人として逮捕され刑に服しましたが、それで終わったのですか。検事正達の思惑通り終結したのでしょうか？」と敷島は捜査の矛盾点を突き始めたが、

「あれは、想定外の結末でしたね。まさか、敷島さんが簡単に逮捕されてしまうとは思っていませんでした。しかし、大阪府警にも面子(めんつ)が有るし、アナタにも容疑者として相当の証拠が出て来たようですし、残念ながら私共の手の届かない所に行ってしまいました。しかし、このままでは二人の殺人鬼を野放しにしてしまうことになり、アナタが最短で出所できるように取り計らったようです」と自分の関与が無かったかのように滝田は白々しく話した。

「誰がどのように細工したのかは知らないが、俺の刑を短くして、何になるんですかね？」と敷島は訝(いぶか)った。端正な顔立ちの滝田が少し表情を崩しながら、

「敷島さん。松田も北村もまだ捕えていませんよ。自由に、殺人を楽しんでいますよ。しか

し、警察は手が出せません。アナタにもっと働いて貰うしかなかったのですよ。将に、『鶏鳴狗盗[31]』ですよ」と説明すると、敷島はまさかと云う面持ちで、

「俺が探偵事務所を開く事まで予想していたんですかね?」と云いながら首を項垂れ苦笑を堪えた。滝田は硬い表情に戻り、

「そんな事は承知の上ですよ。アナタの出所が確定してから、種々のインプリンティングを施したと聞いていますよ。それ位の事はするでしょう」と返す刀で敷島に深手を負わせた。敷島が立ち直るまで、暫く、間の抜けた様な時間が経過した。敷島は今起こっている事を頭の中で整理しながら、

「俺が探偵の仕事に馴染む間、泳がせておいて、頃合いを見て藤本が調査を依頼してきたわけか」と吐き捨てると、滝田は、

「そんな、人聞きの悪い……、探偵としての敷島さんに調査の仕事を依頼した。と云う事でしょう。いや、寧ろ、刑期を無事終えた人物の更生のための一環でしょう」と滝田は敷島を逆撫でした。藤本からも聞かされてはいたが、敷島のボルテージは最高潮に達し、

「いゃ。俺が利用されたとか、されてないとかはどうでもいいが、アンタ達も知ってるように、俺は結局、町田も木村も追い詰めることも出来なかった。おまけに、町田も木村も俺の知らない所で亡くなった。藤本もや。結局、アンタ達が目指した町田、木村の逮捕には至らなかった。これで、終わりで良いのか!」と思わぬ正義漢ぶった。滝田は立ち上がり、窓

から眼下を見下ろしながら、

「私も藤本君もこれで良い、結果オーライと思っている。二人の狂人的な殺人鬼がこの世から居なくなったのは、今後、どれだけ多くの児童の生命を救えたことか、恐怖から守って上げられたか。私と藤本君は、正直、この二人の殺人鬼を抹殺するしかないと考えていたが、私達の手を汚す事無く偶然にも亡くなった。勿論、敷島さんの努力が一助になっていることには感謝するがね」と云い終え、敷島の肩に手を置いた。まだ、興奮冷めやらぬ敷島は、

「警察が、そんな事遣（や）っていて良いのですか、それも隠密裏に。二人を正当に逮捕して罪を自白させ、殺人鬼に至った原因究明が大事でしょう。今後の児童誘拐を未然に防ぐには！」と正義を振り翳（かざ）し、席から立ちあがった。しかし、滝田は冷淡に、

「敷島元警部。有難う。日本国内で起こる殆どの事件は、君の云う通り正当に逮捕し審理されるという法手続きによって為されていることをご理解ください。そして、間違って貰っては困るが、二人が死んだのは私達の関与とは関係ないし、調査も探偵が調査料欲しさに行ったと云う事だよ」と意地悪く引導を渡した。最後まで、威厳を崩さない検事正に、

「最後に、もう一度お伺いしますが、堺泉北ニュータウンの新田未来君誘拐殺害事件の犯人は誰なんですか？」と敷島に於いての最大の謎をぶつけたが、滝田は、

「その事件は敷島さんが犯人で確定しており、刑期も既に終えている。それだけの事で

しょう」と再度冷たく突き放された。会議室から出て行こうとする滝田に、敷島は苦悶の表情を浮かべながら、

「滝田検事正のような『一葉落ちて天下の秋を知る[32]』お立場の人が、『魚を得て筌を忘る[33]』のような処し方は如何なものでしょうか」と最後に辛辣な言葉を浴びせかけたが、ドアーは無情にも閉められた。

今出て来た、背後に冷たく聳え立つビルを振り返りながら、

「玉砕覚悟で臨んだ滝田検事正との面談からは、結局藤本から得た情報以上の物は出されなかった。滝田は他に何かを隠しているかも知れんなぁ。恐らく藤本と二人だけで画策できるような事でもないだろうし……。しかし、俺のこの数年間は何だったんだ。結局、俺が犯罪者と云う事を証明したに過ぎんのか。そやけど、俺は絶対に遣っていない筈だ!?」と口の中で呟きながら、重い足取りで帰路に着いた。

透視家町田泰三、北村俊介警部補の死で、もうこの事件は二度と振り返られることは無い。七転八倒の末、残された結論は、敷島亮介が新田未来君誘拐殺害の犯人であると云う事だけである。本人の意思如何を問わず甘んじて受け入れなければならない。

敷島は、事件のケジメを付けるため、最後に、被害者の新田未来君の仏前に参ろうと新

田家を訪ねた。未来君の屈託ない微笑(ほほえ)んだ写真を見詰めながら無言で線香をあげた。母親は不在なのか父親が応対してくれた。敷島は、深々と頭を下げ謝罪の言葉を口にした。帰り際に、父親が、

「今日はご苦労様。もう時効でしょが、お役に立つかどうか分かりませんが、少しお話ししときたい事があります」と云って敷島を引き留めた。

「事件当日、学校から帰って来た未来が、何が原因か、暴れ出し、お灸(きゅう)をすえる積りで、少し離れた物置小屋へ車で運び監禁した。そして、小一時間程経って迎えに行くと未来は居なかった。近所を探したが居なく、怖くなって警察に届けた。監禁したのは私だが、殺したのは私ではない」と父親が告白した。敷島は今更聞いても仕方がない素振りをしていると、父親は引き続き、

「それ以来、罪の意識に苛(さいな)まれ、告白しようか迷っていたが、出来なかった。そんな時に、女房と揉め、気の弱い女房は精神的に衰弱してしまい、更に未来が殺害されたと知ってからは、一層責任を感じるようになったのか益々衰弱してしまい。挙げ句は自傷して亡くなりました。未来も妻も死なせてしまったのは私です。そういう意味では、私が本当の犯人かも知れません……。それで、私も初めて告白する気に……」と愕然(がくぜん)とするような事実を話した。

しかし、敷島は、もうこの事件は決着している。その監禁された場所から逃げ出した未

来君を保護したのが自分だったのかもしれないが、その後の事も分からない。遠い記憶は未だに闇の中であり、既に諦めの境地であった。

新聞を開く度に、相変わらず児童誘拐事件が紙面に躍(おど)る。その記事を見る度(たび)に敷島亮介は、自分が犯人かも知れない。と思うのであった。

記憶は時を永遠にし
忘却は心を健やかにする
ハンニバル・レクター

注解

（1）子曰、飯疏食飲水、曲肱而枕之、樂亦在其中矣、不義而富且貴、於我如浮雲、（論語　巻第四　述而第七　一五）

粗末な飯をたべて水を飲み、うでをまげてそれを枕にする。楽しみはやはりそこにも自然にあるものだ。道ならぬことで金持ちになり身分が高くなるのは、わたしにとっては浮雲のよう（にはかなく無縁なもの）だ。

（2）愛者憎之始也、徳者怨之本也。唯賢者不然。（管子）

愛が憎しみの始めなり、徳が怨みの本。

それは報いられることを期待するからだ。つまり欲が絡むからである。

唯、賢者はそうではない。

（3）子曰、不患人之己知、患己不知人也（論語　巻第一　学而第一　一六）

人が自分を知ってくれないことを気にかけないで、人を知らないことを気にかけることだ。

（4）人皆知有用之用、而莫知無用之用也（荘子）

無用だと思われているもこそ実は有用なのだ。

（5）以疑決疑、決必不当（荀子）

あやふやな根拠にもとづき、あやふやな心によって判断を下せば、必ず見当はずれな結論に導かれるということ。

（6）子曰、片言可以折獄者、其由也與、子路無宿諾（論語　顔淵第十二　十二）

訴訟の一部だけを聞いて正しい判決を下すことが出来るのは由（子路）ぐらいのものだな。彼は物事を一度引き受ければすぐに実行する。

（7）為政之要惟在得人　（貞観政要　崇儒学第二七）
政治を行うには、すぐれた人材、能力もあり人物もしっかりしている人物を積極的に用いることだ。

（8）軽諾者必寡信　（老子）
安請け合いは不信の元。

（9）慮事深遠、則近於迂矣　（宗名臣言行録）
念には念を入れて考え、慎重に対処すればするほど「迂」に近くなる。

（10）誠死
実際に存在しない架空の書物。

（11）遇不遇者時也　（荀子）
遇とは、何をやってもトントン拍子、不遇とは、その反対に何をやっても上手く行かない。それは時を得るかどうかにかかっているのだ。

（12）好死不如悪活　（通俗編）
どんなに立派な死に方、潔い死に方も惨めな生き方、見苦しい生き方の方が優っている。

（13）飢者易為食、渴者易為飲　（十八史略）
腹をすかしたものは何を食べてもうまく感じ、のどのかわいたものは何を飲んでもうまいと思うものである。

（14）窮即変、変則通　（易経）
事態がどん詰まりの状態にまで進むと、そこで必ず情勢の変化が起こり、変化が起こると、そこからまた新しい展開が始まる。

（15）人之其所親愛而辟焉　（大学）

公平な判断が出来なくなって、片手落ちの態度をとること。恋人に対して「あばたもえくぼ」に見えてきたり、母親が「我が子に限って……」と的確な判断が出来ないこと。

(16)人生如白駒過隙　（十八史略）
人生は、戸の隙間から白馬が走り過ぎるのを見るように、ほんの一瞬の事に過ぎない。

(17)不恥下問　（論語巻第三　公治長第五　一五）
目下の者に問うことを恥じない。

(18)子曰、後生可畏也、焉知来者　（論語）
若い人たちは、将来洋々たる可能性を持っている。それが畏るべし。

(19)徳者事業之基　（菜根譚）
事業を発展させる基礎になるのは、その人の持っている徳である。

(20)疑謀勿成　（書経）
事業でも業務でも、実行に移す前には必ず企画立案の段階で、いささかでも疑問点が残っているうちは実行に移すべきでない。

(21)於不可已而已者、無所不已　（孟子）
やめてはならない所で止める人間は、何をやっても中途半端な事しかできない。

(22)推赤心置人腹中　（十八史略）
誠心誠意をもつて、相手をも信頼し、自分をさらけ出して相手の腹の中にとび込むように接する。

(23)子曰、三軍可奪帥也、匹夫不可奪志也　（論語巻第五　子罕第九　二六）
どんなにつまらない人間でも、その人が守っている志を変えさせることはできない。

(24)ハンニバル

トマス・ハリスの小説「レッド・ドラゴン」を原作にしたアメリカのテレビドラマ。FBIの捜査協力として、精神科医である人食い殺人鬼ハンニバル・レクターが絡むサイコスリラー。

(25) 正人指邪人為邪、邪人亦指正人為邪　(十八史略)
心のまっすぐな人間は、曲がった人間を曲がっていると言います。しかし、心の曲がった人間は、まっすぐな人間まで曲がっていると言います。

(26) 既明且哲、以保其身　(詩経)
道理に通じ物事を上手く処理して、安全に身を保つこと。

(27) 願乞骸骨、避賢者之路　(晏子春秋)
君主に辞職を願い出る。

(28) 梁上君子是矣　(後漢書)
盗賊、泥棒の事。後漢の陳寔が、梁の上に盗賊が潜んでいることを知り、子や孫たちを読んで「悪人も生まれつき悪人ではない。悪い習慣によって、とうとう悪人になってしまったのだ。梁の上の君子がそれだ」と説明したところ、梁から盗賊が降りてきて改心したという。

(29) 子在川上曰、逝者如斯夫、不舎晝夜　(論語巻五　子罕第九　一七)
過ぎ去るものは、この川の水のようなものであろうか、昼となく夜となく休むことなしに。

(30) 子曰、暴虎馮河、死而無悔者　(論語　巻第四　述而第七　一〇)
虎に素手で立ち向かったり河を歩いて渡ったりして、死んでも構わないというような無鉄砲な男。

(31) 客有能為狗盜者。……客有能鶏鳴者。鶏尽鳴。遂発伝。(十八史略)
鶏の鳴きまねしかできない者や、犬のようにして盗みを働く者でも、役に立つことがある。

(32) 見一葉落、而知歳之将暮、睹瓶中之氷、而知天下之寒。以近論遠。(淮南子)
わずかな前触れを見て、将来起こる物事を推量する。

(33) 筌者所以在魚、得魚而忘筌 (荘子)
目的を達してしまうと、役立ったものの功を忘れてしまう。

参考図書

中島敦全集Ⅰ～Ⅲ　（筑摩書房）
論　語　金谷治訳注　（岩波文庫）
中国古典一日一言　守屋洋　（ＰＨＰ）
中国古典百言百話十八史略　村山孚　（ＰＨＰ）
アルセーニイ・タルコフスキー詩集
「白い、白い日」前田和泉訳　（エクリ）

一成・アンダー木（ISSEY・UNDER KI）

大阪市出身、幼少期から高校卒業まで兵庫で育つ。
物心ついた頃にはベトナム戦争一色の時代、東大の入試も中止、地方の二流大学を卒業後、オイルショックにもかかわらず大阪本社の準大手のゼネコンに就職。
定年退職まで一途に経理畑を標榜するも報われず、
退職後、親の介護の傍ら執筆活動を行う。

我を問ひしかば ——我を問うなかれ 完結編

2021年8月12日　初版発行

著　者　一成・アンダー木
発行所　学術研究出版
〒670-0933　兵庫県姫路市平野町62
［販売］Tel.079(280)2727　Fax.079(244)1482
［制作］Tel.079(222)5372
https://arpub.jp
印刷所　小野高速印刷株式会社

ISBN978-4-910415-63-5